田中善信 著

元禄名家句集略注

山口素堂篇

新典社

はじめに

昭和二十九年に刊行された荻野清編『元禄名家句集』（創元社刊）は大変な労作である。この本は、伊藤信徳《しんとく》篇《へん》・山口素堂《そどう》篇・小西来山《らいざん》篇・池西言水《ごんすい》篇・椎本才麿《しいのもとさいまろ》篇・上島鬼貫《おにつら》篇の六篇で構成されているが、この六人は俳諧史上元禄の名家と呼ぶにふさわしい俳人である。したがってこの本は元禄時代の俳諧を研究するための基本文献だが、いまだに全体の注釈書がない。来山については飯田正一氏の『小西来山俳句解』（平成元年前田書店刊）が備わるが、他の五人については注釈を試みた人はいなかった。このことは俳諧研究の現状がきわめていびつな状態にあることを示している。芭蕉を除けば元禄俳諧の研究は俳人の年譜を作ることが主流であり、作品は年譜を作成する資料として利用されるだけであったといってよかろう。これは本末転倒といわざるをえない。元禄俳諧の研究を正常な状態に戻すには、元禄時代の主要な撰集《せんしゅう》の全注釈に取り組む必要がある。

本書は『元禄名家句集』の全注釈を作成することを目的に企画されたシリーズの一冊である。すでに田中が担当した「伊藤信徳篇」と「池西言水篇」が刊行されており、この「山口素堂篇」は三冊目である。残り三冊を佐藤勝明氏と玉城司氏、および田中の三人が分担執筆することになっている。最初の「伊藤信徳篇」の注釈をしてみて、私自身は大変なことに手をつけてしまったと痛感している。しかし未熟なものであっても、三人で『元禄名家句集』の全注釈をなんとか完成させたい。

平成二十八年十月一日

田中　善信

目次

山口素堂略歴

素堂の生家の山口家は甲斐国《かいのくに》（現在の山梨県）北巨摩《こま》郡《ぐん》教来石《きょうらいし》山口に土着した郷士《ごうし》であった。郷士というのは武士の身分を捨てて農民になった人をいう。素堂は寛永十九年（一六四二）にこの家の長男として生まれた。その後二人の弟が生まれている。成長して素堂は家督を継いだがそれを弟に譲って江戸に出た。

山口家は素堂の幼少のころに北巨摩郡から甲斐国の中心地である甲府に移住している。北巨摩郡にいたころは山口家は農業に従事していたとみて間違いなかろうが、甲府は城下町だから農地を捨てて商人に転じたということになる。甲府に移住した山口家は酒造業を営み巨万の富を蓄えたという。素堂はその家を弟に譲って江戸に出たのである。

江戸へ出たのは学問を学ぶためであったらしい。江戸時代に学問といえば孔子の教えを学ぶ儒学のことである。彼は江戸で林鵞峰《がほう》（春斎《しゅんさい》とも）に儒学を学んだといわれているが、確実なことは何もわからない。また京都に行き公家の持明院家《じみょういんけ》で和歌を学んだともいわれているが、これも確実な根拠はない。しかし素堂には漢詩文の作品があり、和歌に関してもかなり深い知識があった。また茶道をたしなみ、千宗旦《せんのそうたん》の今日庵《こんにちあん》を継承し、みずからも其日庵《きじつあん》と号し新しい流派の祖に祭り上げられている。これらの事実から、素堂が江戸に出てからかなり幅広い教養を身に付けたことは確実である。

素堂の俳諧が初めて見えるのは寛文《かんぶん》七年（一六六七）に刊行された『伊勢踊《いせおどり》』である。編者の加友《かゆう》は伊勢国《いせのくに》山田（現在の三重県伊勢市）の人である。このとき素堂は二十六歳だが当時の二十六歳はすでに壮年である。当時彼は信章《しんしょう》という号を用いていた。延宝年間（一六七三～一六八一）には一時信章と来雪《らいせつ》という二つの号を併用しているが、延宝八年に素堂という号を使い始め、それ以後は素堂で通している。

彼がどのようなきっかけで俳諧を作るようになったのかまったくわからない。『伊勢踊』が刊行された当時、芭蕉はまだ故郷の伊賀国《いがのくに》上野（現在の三重県伊賀市）におり、素堂とは無関係であった。芭蕉は寛文十二年の三月に江戸に出て、延宝三年（一六七五）ごろから新進の俳諧師として頭角を現すようになるが、延宝四年には素堂とともに『江戸両吟集』を作成している。これ以後素堂は芭蕉の終生の友となった。延宝四年は素堂は三十五歳で芭蕉は三十三歳であった。周知のとおり芭蕉は専門の俳諧師として大成したが、素堂はアマチュア俳人として生涯を終えた。

素堂の「目には青葉山郭公《やまほととぎす》はつ鰹《がつお》」（本書三三の句）という句は今でも広く知られている彼の代表作だが、この句が初めて収録されたのは延宝六年に刊行された『江戸新道《しんみち》』である。このころが彼が俳人としてもっとも活躍した時期であった。もし彼にプロの俳人として活躍しようという気持ちがあったとしたら、十分にその可能性があったと思われるが、彼にはそういう気持ちがまったくなかったようである。

ただし素堂は俳諧のアマチュアであったが無名の存在であったわけではない。芭蕉の門人の杉風《さんぷう》は、岸本八郎兵衛《はちろべえ》という人物に宛《あ》てた手紙に「宗匠《そうしょう》にてこれ無き者にも、名の高き者は、素堂と申す者にて御座候《ございそろ》」と記している。「プロの俳人でない者にも俳人として有名な素堂という者がいます」という意味である。素堂は俳壇では有名人であり、句集などに素堂の序文を掲げたものも少なくない。アマチュアながら彼は俳壇の名士だったのである。

彼がこのような地位を獲得したのは、彼には芭蕉にまさる幅広い教養があったからであろう。素堂の親しい知人に人見竹洞《ひとみちくどう》という人物がいる。彼は儒学者として四代将軍家綱と五代将軍綱吉に仕えており、元禄時代を代表する儒学者の一人である。一庶民にすぎない素堂がこのような人物と親密な関係を結んでいたことは、素堂の学識も相当なものであったことを物語っているのであろう。なお芭蕉が竹洞と接触した痕跡は皆無である。

素堂は延宝六年から七年にかけて長崎に出向いている。延宝六年は彼の三十七歳のときである。旅の目的はわからないが、荻野清氏は、江戸へ出た素堂は「疎《おろそ》かにしがたい何等《なんら》かの公務」をもっており、彼の長崎行きはその公務のためであったと推定している。

この旅のあと素堂は公務を辞し、住まいを江戸市中（具体的な場所は不明）から上野の不忍池のほとりに移したようである。彼は世俗的な縁を絶ち隠者として生きることを決意したのである。ただし生活費は実家の援助だったようである。実家の援助が期待できたからこそ、「公務」を辞して隠者の生活を選ぶことができたともいえる。

貞享二年（一六八五）か三年に、彼は住まいを不忍池のほとりから深川に移している。深川に移住した理由はわからないが、彼が移住した場所が芭蕉の住まいのごく近くであったことを考えると、芭蕉と共に風雅を楽しみたいという思いがあったのかも知れない。

深川の住まいで素堂は母親と二人で暮らしていたが、元禄八年（一六九五）の夏に母親が亡くなった。この年彼は五十四歳である。前年に無二の親友の芭蕉が亡くなり、続いて母親が亡くなったのである。なぜ彼の母親が江戸の素堂と同居するようになったのか、その事情はまったくわからない。

元禄九年には甲府の代官である桜井孫兵衛の要請で、甲斐の濁河《にごりがわ》の治水工事に従事している。治水工事に計算の知識は欠かせないが、素堂のゆかりの人物である黒露《こくろ》は『摩訶十五夜《まかはんや》』の中で、素堂について「算術にあくまで長じたまいける」と記している。素堂に意外な一面があったのである。治水工事をなしとげるような高度な知識があれば、その知識を生かしてどこかの藩に仕えることもできたであろうが、濁河の治水工事が完了した後は素堂は深川に戻り、相変わらず隠者として過ごしたのである。なお彼がこの工事に従事したころの甲府藩の藩主は徳川綱豊《つなとよ》であった。綱豊はこのあと六代将軍家宣《いえのぶ》となる。

素堂には妻がいたようだが、彼が江戸へ出る前に妻は亡くなっていたようである。彼が江戸に出たのは、あるいは妻の死と何らかのかかわりがあるのかもしれない。二人の間に子供がいた様子はなく素堂が再婚した痕跡も無い。

素堂は享保《きょうほう》元年（一七一六）八月十五日に亡くなった。七十五歳であった。母親が亡くなったあと二十年ほど孤独な生活が続いたことになるが、この間に彼は十回ほど長期の旅行をしている。一人暮らしの彼には旅行が唯一の楽しみだったのであろう。晩年の素堂は貧しかったといわれているが、七十歳になっても長期の旅行ができたことを考えると恵まれた生涯であったといってよかろう。

（この略伝は荻野清氏の「山口素堂の研究」（『俳文学叢説』所収）を参照して作成した）

注釈

凡　例

一、本書では荻野清編『元禄名家句集』を原本と記す。
二、それぞれの句に付けた番号は原本に従った。句番号の上に「補」とあるのは原本の補訂で追加された句である。
三、それぞれの句の下に出典と出典の刊行年を記した。出典は原本に従った。
四、句形については原則として原本の表記に従った。ただし次のような変更を加えた。
イ、漢字の字体については、旧字体を新字体に改めた。異体字や特殊な文字は、常用漢字で代用できるものは常用漢字に改めた。
ロ、常用漢字以外の漢字や旧仮名遣いの表記には振り仮名をつけた。また常用漢字の読みが現行の読みと異なる場合も振り仮名を付けた。振り仮名はすべて現代仮名遣いによった。
ハ、原本の片仮名の振り仮名はすべて平仮名に直し、かつ現代仮名遣いに改めた。
ニ、音読や訓読の記号は省略した。
ホ、踊り字は原則として現行の表記に改めた。
五、引用の参考文献は現代仮名遣いに改めた。漢文の場合は読みくだし文に改め、仮名遣いは現代仮名遣いに従った。ただし和歌については旧仮名遣いに従った。
六、注釈に記されている月はすべて旧暦である。
七、【句意】の末尾に句の季節と季語を記した。特定の季語がない場合は句意によった。
八、【語釈】の説明は基本的に『日本国語大辞典』（第二版）と『角川古語大辞典』によった。季語は基本的に『図説俳句大歳時記』によった。
九、作者が誤り伝えられた誤伝句と思われる句は、句番号にカッコを付した。

一　かへすこそ名残おしさは山々田　（『伊勢踊』寛文7）

【句意】あなたをお返しする名残惜しさは口では言い表せません。『伊勢踊《いせおどり》』の撰者《せんじゃ》（編集者）である加友が江戸から伊勢に帰るときに贈った句。秋「山田」。

【語釈】○山々田　「この上ない」という意味の「山々」に「山田」を言いかける。○山田　伊勢の山田。現在の三重県伊勢市の一部。伊勢神宮外宮《げくう》の門前町。当時加友は山田に住んでいたようである。この「山田」を普通名詞の山田にとりなして秋の季語とした。

二　花の塵《ちり》にまじるはうしや風の神　（同）

【句意】花のちりに混じるのはつらいことだ、風の神にとって。『風雅集』の熊野権現が詠んだという「もとよりも塵にまじはる神なれば月のさはりも何か苦しき」という和歌を踏まえた句。春「花」。

【語釈】○花の塵　風に吹き散るサクラの花びら。芭蕉の句に「年々《としどし》や桜をこやす花のちり」。○風の神　風をつかさどる神。風神《ふうじん》。

【備考】『風雅集』によれば、和泉式部が熊野神社に詣でた際に月経のために参詣ができなくなり、「晴れやらぬ身のうき雲のたなびきて月のさはりになるぞかなしき」という和歌を詠んだところ、夜の夢に神のお告げとしてこの「もとよりも」の和歌が示されたという。

三　雨にうたれあなむ残花《ざんか》や児桜《ちござくら》　　（『伊勢踊』寛文7）

【句意】雨に打たれているのはなんともいたわしい、残りの花が少なくなったチゴザクラは。謡曲「実盛《さねもり》」の「あな無残やな。斎藤別当にて候《そうら》いけるぞや」という文句を利用した句。春「児桜」。

【語釈】〇あなむ残花　激しい悲しみを表す「あな無残」（なんといたましいことか）に「残花」を言いかける。〇残花　散り残っているサクラの花びら。〇児桜　サクラの一品種。ただしどのようなサクラを指すのか不明。小さい木に咲いたかれんなサクラと考えておきたい。芭蕉の句に「植《う》る事子のごとくせよ児桜」。

四　取結《とり》べ相撲《すもう》にゐ手《いで》の下の帯　　（同）

【句意】きちんと結んでおけ、相撲を取るときには、「井手の下の帯」ならぬ自分の下帯を。相撲を取るときにはふんどしをきちんと結んでおけ、というのである。この句の相撲は素人相撲であろう。なお「取る」「結ぶ」はいずれも相撲の縁語である。秋「相撲」。

【語釈】〇取結べ　かたくしっかりと結べ。〇ゐ手の下の帯　井手の下帯。『大和物語』に記された説話に由来する言葉。『角川古語大辞典』には「ときかへ《え》しゐ《い》での下帯ゆきめぐりあふせう《う》れしき玉川の水」（『玉葉集』）という用例を挙げる。ただしこの句では「下の帯」を言うために和歌の文句を取っただけで「井手」は関係ない。「井手」は山《やま》城国《しろのくに》（現在の京都府）の歌枕。〇下の帯　下帯。男性の局部を覆うもの。ふんどし。

五　よりて社《こそ》そるかとも見め入《いり》相撲　（同）

【句意】ぐいぐい強く押しているからこそ相手はのけぞっているように見えるのだ、入り相撲では。『源氏物語』「夕顔の巻」の和歌「寄りてこそそれかとも見めたそがれにほのぼの見つる花の夕顔」を踏まえた句。秋「相撲」。

【語釈】○より　相撲用語の「寄り」で、組み合って相手を押すこと。○そる　のけぞる。押されてのけぞるのである。○入相撲　相撲の四十八手の一つ。相手のふところに攻めこむことか。

六　化《け》しかはり《わ》日やけの草や飛蛍《とぶ》　（『一本草』寛文9）

【句意】形を変えて、日焼けして生気を失った草がホタルになって飛んでいる。「腐草《ふそう》化して蛍となる」という文句を踏まえた句。この文句は腐った草がホタルになるという意味である。夏「蛍」。

【語釈】○化しかはり　辞書には見当たらない言葉だが、「化す」という動詞と「変わる」という動詞が結合してできた複合動詞と考えておく。「変化する」という意味であろう。

【備考】「腐草化して蛍となる」という文句は、加藤定彦編『俚諺《りげん》大成』によれば室町時代に作られた禅句集『句双紙《くぞうし》』に収録されている。なお「腐草蛍となる」という文句は、季節の変化を示す七十二候の一つとして広く知られていたが、もとは『礼記《らいき》』「月令篇《へん》」の言葉である。

七　扨《さて》はそうか夢の間おしき時鳥《ほととぎす》　（『絵合』延宝3）

【句意】さてはそうだったのか、夢を見ていた間が惜しまれる、せっかくホトトギスが鳴いていたのに。ホトトギスが鳴いていると思っていたら夢だったというのである。一眠りしている間に栄華を尽くす夢を見た謡曲「邯鄲《かんたん》」を踏まえたか。夏「時鳥」。

八　富士山や遠近人《おちこちびと》の汗拭《ぬぐい》ひ　（同）

【句意】富士山は遠くの人にとっても近くの人にとっても汗拭いだ。富士山を見るだけで涼しくなって汗がおさまるのである。夏「汗拭ひ」。

【語釈】○遠近人　遠くの人や近くの人。つまりすべての人。『伊勢物語』八段の「信濃《しなの》なる浅間の嶽《たけ》に立つけぶりを《お》ちこち人の見やはとがめぬ」の言葉を利用した。○汗拭ひ　汗を拭くのに用いる小さな布。「汗てぬぐい」とも。

【備考】元禄十年（一六九七）刊『真木柱《まきばしら》』などでは上五《かみご》が「富士の雪」。この方がわかりやすい。

九　梅の風俳諧国《はいかいこく》にさかむ《ん》なり　（『江戸両吟集』延宝4）

【句意】ウメの風が俳諧国にさかんに吹きまくっている。西山宗因《そういん》の俳風が当時の俳壇に大流行したことを詠んだ句。春「梅」。

【語釈】○梅の風　ウメの木の間を吹きわたる風。ここは梅翁《ばいおう》と称した宗因の俳風の比喩《ひゆ》。宗因の俳諧は談林俳諧と呼ばれるが、この句が作られた時期は談林俳諧の最盛期。○俳諧国　俳壇というほどの意味。素堂の造語。

【備考】この句は芭蕉と作成した両吟（二人で作成する連句）の発句。芭蕉の付句《つけく》（発句の次の連句の第二句め）は「こちとうづれも此《この》時の春」。

一〇　何うたがふ《う》弁慶あれば雪女　　（『当世男』延宝4）

【句意】何を疑うことがあろうか、弁慶が実在したことは確かだから雪女が実在することも確かだ。雪女が実在することを疑う人に対して詠んだ句である。弁慶だって実在したのだから雪女も実在する、というのである。謡曲「山姥《やまんば》」の「衆生《しゅじょう》あれば山姥もあり」を踏まえた。冬「雪女」。

【語釈】○弁慶　源義経《よしつね》の家来。義経が討ち死にした衣川《ころもがわ》の合戦では大活躍をし、最後は立ったまま亡くなった事で有名。当時の人々にとってきわめてなじみの深い人物だが、実在したかどうか不明。○雪女　雪の激しい夜に現れるという女の妖怪。

一一　花の座につかふ《う》扇も用捨哉《かな》　　（『到来集』延宝4）

【句意】連句の席で花の座において扇を使うには心遣いが必要だ。花に対して風を送るのは心遣いが必要だ、というのである。花に対して風は禁物である。「花」といえばサクラを指すのが和歌や俳諧における常識。花の座ではかならずしも実際に花が咲いているわけではないが、花が無くても扇を使う場合は静かに使うべきだというのである。春「花」。

【語釈】○花の座　連歌や俳諧の連句において花の句を詠むべきところ。百句で完了する百韻《ひやくいん》という連句の場合は四か所に、三十六句で完了する歌仙という連句の場合は一か所に花の座がある。「花の定座《じようざ》」とも。○扇　扇子。当時は四季にかかわらず社交的な場では必ず扇を携えるのがしきたりになっていた。一応俳諧では夏の季語。ただしこの句では「花」が季語。○用捨　採否・良悪・正邪などの判断力。ここは心遣いというほどの意味。

一二　鉾《ほこ》ありけり大日本の筆はじめ　（『六百番発句合』延宝5）

【句意】昔、鉾があった、この鉾で国を描き出したのが日本における筆の使い始めだ。『古事記』の国産み神話を踏まえた句。春「筆はじめ」。

【語釈】○鉾　敵を突き刺すのに用いた長柄《ながえ》の武器。ここは『古事記』に記されている「天《あめ》の沼矛《ぬぼこ》」。イザナキとイザナミの二人の神がこの鉾でかきまわしたところ、「おのころ島」ができた。これ以後次々と日本の島々が生み出されていく。○筆はじめ　書き初めのこと。ただしここは筆の使い始めという意味で用いた。

一三　見るやこころ三十三天八重霞《やえがすみ》　（同）

【句意】見るのは心だ、三十三天は幾重にも霞《かすみ》がかかって見えないが。心が清ければ霞にくもる三十三天もはっきり見えるというのである。春「八重霞」。

【語釈】〇三十三天　仏教語。仏教の世界観によれば、世界の中心にそびえる須弥山《しゅみせん》の頂上にある天。この天に住む者は長寿を保ち楽しい暮らしをしているという。〇八重霞　幾重にもたちこめた深い霞。

一四　ちるを見ぬ雁《かり》やかへ《え》つて花おもひ《い》　（同）

【句意】サクラが散る前に北に帰るカリは人間よりもかえってサクラを思う心が深い。サクラが散っていく悲しみに耐えられないから、カリはその前に北に帰るというのである。春「句意による」。

【語釈】〇花おもひ　サクラを愛する心というほどの意味であろう。古典文学ではたんに「花」とあればサクラを指す。

一五　海苔若和布《のりわかめ》汐干《しおひ》のけふ《きょう》ぞ草のはら　（同）

【句意】ノリやワカメが一面に生えていて潮が引いた海は草原のようだ。春「汐干」。

【語釈】〇汐干　潮干。潮が引いて海の底が現れること。一年を通じて見られる現象だが、俳諧では三月三日ごろの大潮のさいの潮干をいう。

一六　夕《ゆうべ》かな月を咲分《さきわけ》はなのくも　（同）

【句意】夕方の眺めはすばらしい、月を咲き分けにしたように、一面に咲いているサクラの片隅で月がおぼろに霞んでいる。一面に咲いているサクラの片隅に月が見える光景。春「はなのくも」。
【語釈】○咲分　同一の株の草木に異なった色の花が咲くこと。○はなのくも　サクラの花が一面に咲いている状態を雲に見立てた語。和歌ではあまり使われていないようだが、俳諧では古くから春の季語として用いられている。芭蕉の句に「花の雲鐘は上野か浅草か」。

一七　返せもどせ見残す夢を郭公《ほととぎす》　（『六百番発句合』延宝5）

【句意】返してくれ戻してくれ、見残した夢を、確かに夢の中でホトトギスが鳴いた。夢の中で鳴いたホトトギスの声をもう一度聞きたいから、夢を返してほしいというのである。夏「郭公」。
【語釈】○返せもどせ　返してほしいという気持ちを強めた言葉。謡曲「姨捨《おばすて》」の「返せや返せ、昔の秋を」を踏まえたか。○郭公　ホトトギスの当て字の一つ。ホトトギスは歌人や俳人には特別の鳥で、ホトトギスが鳴く初夏になるとその鳴き声を待ちかねた。

一八　初鰹魚《がつお》またじとおもへ《え》ば蓼《たで》の露　（同）

【句意】初ガツオを待つ気持ちを押さえようとすると、露に濡れたタデが初ガツオを食べたい気持ちをかきたてる。

当時の江戸の人にとって初ガツオは最高の美味であった。夏「初鰹魚」。
【語釈】○初鰹魚　初夏のころ最初に市場に出るカツオ。鎌倉あたりで獲《と》られたカツオは、鮮度が落ちないように、特別じたての快速船で未明に日本橋の魚市場に運ばれた。○蓼　道端や水辺に生える植物。香辛料として用いられた。カツオはカラシみそやカラシ酢で食べたようだがタデ酢を用いることもあったのであろう。

一九　戦《たたかい》けりほたる瀬田より参合《まいりあい》　（同）

【句意】戦った、加勢のホタルが瀬田から参加して。ホタル合戦の様子を詠んだ。ホタル合戦は交尾のためにホタルが乱舞しているのを、ホタル同士が戦っていると誤解したことから生まれた言葉。謡曲「兼平《かねひら》」の「兼平瀬田より参りあいて」を踏まえた句。兼平は木曽義仲の家来今井兼平。夏「ほたる」。
【語釈】○瀬田　近江国《おうみのくに》（現在の滋賀県）の地名。瀬田を流れる瀬田川はホタルの名所。「瀬田の夕照《せきしょう》」は近江八景の一つであり「瀬田の橋」は近江国の歌枕。○参合　参会する。行き会う。

二〇　峠涼し沖の小島のみゆ泊《とま》り　（同）

【句意】峠は涼しい、源実朝《みなもとさねとも》が沖の小島が見えると詠んだところで宿泊した。『金槐和歌集』の実朝の和歌「箱根路を我が越え来れば伊豆の海や沖の小島に波の寄る見ゆ」を踏まえた。夏「涼し」。
【語釈】○みゆ　見える。ここは、見える場所。○泊り　宿泊する場所。

二一　富士山やかのこ白むく土用干《どようぼし》　（『六百番発句合』延宝5）

【句意】夏の富士山は鹿の子《かこ》まだらに雪が降るが、また雪に覆われた姿は白むくの着物を土用干しにしているようにも見える。『伊勢物語』の和歌「時知らぬ山は富士のねいつとてかかのこまだらに雪の降るらむ《ん》」を踏まえた句。夏「土用干」。

【語釈】○かのこ　鹿の子まだら。シカの毛皮の白い斑点。またそのように染めた布。○白むく　染めていない白い布。○土用干　夏の土用の期間に衣類や書籍を日に当てて風を通し、虫を払うこと。「虫干し」とも。土用は秋になる前の一年で最も暑い期間。

二二　鬼灯《ほおずき》や入日《いりひ》をひたす水のもの　（同）

【句意】ホオズキは夕日を水にひたしているようだ、ほかの果物などと一緒に桶に入れられて。ホオズキの赤い実がほかの果物と一緒に水を張った桶に入れられているのである。秋「鬼灯」。

【語釈】○鬼灯　観賞用に栽培される。果実は秋になると赤く熟す。子供たちはこの実から種子を取り除き、果実の皮を口に含んで鳴らして遊んだ。○入日　沈んでいく太陽。夕日。○水のもの　辞書に見えない言葉だが「水の中で冷やされているもの」という意味であろう。其角《きかく》の句に「蕣《あさがお》にたちかへ《え》れとや水の物」。

二三　むさしのやふじのね鹿のねさて虫の音《ね》　（同）

【句意】武蔵野では富士山の嶺《みね》を眺めることができ、シカの鳴く声が聞こえ、さらには虫の鳴き声をも聞くことができる。「ふじのね」「しかのね」「むしのね」の語呂合わせを意図した句。秋「鹿・虫」。

【語釈】○むさしの　入間川《いるまがわ》・荒川・多摩川に囲まれた地域。有名な関東の大平原。武蔵国《むさしのくに》（現在の東京都を中心に埼玉県・神奈川県にまたがる地域）の歌枕。○ふじのね　「富士の嶺《ね》の」の形で枕詞として用いられる。嶺は山頂。

二四　根来《ねごろ》ものつよみをうつせむら紅葉《もみじ》　（同）

【句意】根来塗りの特徴である美しい朱色を写し取れ、むらモミジよ。まだらに紅葉《こうよう》するのではなく、根来もののように濃い朱色一色に紅葉してくれというのである。秋「むら紅葉」。

【語釈】○根来もの　根来寺で作られたうるし塗りの漆器。朱のうるしで塗ったものと黒のうるしで塗ったものがある。ここは朱のうるしで塗ったもの。根来寺は現在の和歌山県岩出市にある有名な寺。モミジの名所でもある。○つよみ　優れた点。長所。○むら紅葉　色の濃いところと薄いところがあってまだらに紅葉していること。

二五　宗鑑老下《そうかんろうげ》の客いかに月の宿　（同）

【句意】宗鑑さん、下の客はどのようにしたらよいでしょうか、月見の客として知人の家に招かれたのですが。宗鑑は自分の住まいに、「上《じよう》は来ず中《ちゆう》立ち帰り下《げ》は泊まる二日泊まりは下々の下の客」という狂歌を書いた額を掛けていたという。「上の客は訪ねてこない、中の客は訪ねてきてもそのまま帰る、下の客は泊まっていく、下々の下の最低の客は二日も泊まっていく」という意味である。この逸話を踏まえた句。秋「月」。

【語釈】○宗鑑老　室町時代末期の連歌師。京都の山崎に住んでいたので山崎宗鑑と呼ばれている。最古の俳書と考えられていた『犬筑波集《いぬつくばしゆう》』を編集したことで俳諧の祖と称されている。「老」は年長者に対する敬称。○月の宿　月を眺める家。「宿」は住まいのことで宿屋ではない。

砧《きぬた》

二六　正に長し手織紬《ておりつむぎ》につちの音　（『六百番発句合』延宝5）

【句意】たしかに長い、手織紬に響く槌《つち》の音は。手織紬を打つ砧の槌の音がいつまでも続いているのである。「正に長し」に秋の夜長をかける。『和漢朗詠集』の白楽天の漢詩「八月九月正に長き夜、千声万声了《や》む時なし」を踏まえた。秋「つちの音」。

【語釈】○砧　木製の槌で布を打って柔らかくすること。砧の音は当時の秋の夜の風物詩であった。○手織紬　自分の家で織った紬。紬は絹織物の一種だが当時は高級品ではなく、丈夫で長持ちがする。それだけに槌で打って柔らかくするのに時間がかかる。手織りのものだとさらに時間がかかる。○つち　砧で使う槌。槌で打って布地を柔らかくするのである。

二七　乾坤《けんこん》の外家《そといえ》もがな冬ごもり　（同）

【句意】天地をすっぽり入れる器があればいいな、冬ごもりのために。天地を入れることができる器があれば、冬も寒くはないだろうというのである。冬「冬ごもり」。

【語釈】○乾坤　天と地。○外家　物を入れておく容器。器。○がな　願望の終助詞。○冬ごもり　冬の間できるだけ外出をひかえて家に閉じこもること。当時の慣習であった。

二八　茶の花や利休が目にはよしの山　（同）

【句意】じみなチャノハナが、侘《わび》好みの利休の目には吉野山のサクラのように美しく見えただろう。『古今集』仮名序の「秋の夕べ、竜田川に流るる紅葉をば、帝《みかど》の御目には錦と見たまい、春の朝《あした》、吉野の山の桜は、人麿《ひとまろ》が心には雲かとのみなんおぼえける」のもじり。冬「茶の花」。

【語釈】○茶の花　冬に咲く白い花。かれんな花だが人目を引くような花ではない。○利休　千利休。安土桃山時代の茶人。侘の境地を重んじる侘茶を大成した。○よしの山　吉野山。奈良県にあり日本を代表するサクラの名所。

二九　凩《こがらし》も筆捨《すて》にけり松のいろ　（同）

【句意】木枯らしも筆を捨てた、マツの葉の色を染め変えることを断念して。見事なマツを描こうとしたがどうしても描けないので、絵描きが描くことを断念して筆を捨てたという「筆捨松《ふですてまつ》」の伝承は日本の各地に残る。この句はこの伝承を踏まえた。木枯らしは木の葉を枯らして葉の色を変えるが、マツの葉だけは色を変えることができないというのである。冬「凩」。

【語釈】○凩「木枯らし」の当て字。秋の末から冬の初めにかけて吹く冷たい強風。冬の季語。

三〇　世の中の分別ものや鯸《ふぐ》もどき　（『六百番発句合』延宝5）

【句意】世の中の良識をわきまえた人はフグもどきを食べている。フグは美味として知られているが猛毒のある魚で毒に当たれば死ぬこともある。良識のある人はそういう危ない魚を避けて、フグもどきで我慢しているというのである。冬「鯸もどき」。

【語釈】○分別もの　分別のある人。良識をわきまえた人。○鯸もどき　タイやコチなどの皮をはぎ、フグのように料理したもの。本来は季語ではないが、この句ではこれを季語として用いた。二七〇の句参照。

三一　さぞな都浄瑠璃小歌は爰《ここ》の花　（『江戸三吟』延宝6）

【句意】さぞ都では優雅な花見を楽しんでいるでしょう、ここ江戸では世俗的な浄瑠璃や小歌をうたい、にぎやかに花見をしています。京都からやってきた信徳《しんとく》に対する挨拶として詠んだ句。春「花」。

【語釈】○さぞな　さだめし。さぞかし。○浄瑠璃　三味線に合わせて語る語り物。これを専門とする浄瑠璃太夫もいたが、民衆の娯楽として広まった。○小歌　流行歌謡。

【備考】この句は京都からやってきた信徳を迎えて作成した百韻《ひゃくいん》の発句。メンバーは素堂・信徳・芭蕉の三人。当時の信徳は京都を代表する俳人の一人。

三二　小僧来《きた》り上野は谷中《やなか》の初桜　（『江戸新道』延宝6）

【句意】小坊主がやってきた、上野では谷中にかけて初ザクラが咲き始めたという便りをもって。上野か谷中の僧侶が、花見に来ないかという誘いの手紙を小坊主に届けさせたのである。謡曲「鞍馬天狗」の「花さかば告げんといいし山里の使いは来たり馬に鞍」を踏まえた句。春「初桜」。

【語釈】○小僧　寺で修行中の子供の坊主。○上野　東京の上野。江戸時代は現在の上野公園一帯が寛永寺の敷地であり花の名所として知られ庶民の行楽地であった。○谷中　上野に隣接する地域。花の名所。芭蕉の『おくのほそ道』に「上野・谷中の花の梢、又いつかはと心ぼそし」とある。

かまくらにて

三三　目には青葉山郭公《やまほととぎす》はつ鰹《がつお》　（同）

【句意】目で青葉のすがすがしい景色を眺め、耳で美しいホトトギスの声を聞き、舌でおいしい初ガツオを味わう、これこそ最高の贅沢《ぜいたく》だ。初夏の鎌倉のすばらしさを詠んだ句で、素堂の最高傑作として知られた句。夏「青葉・山郭公・はつ鰹」。

【語釈】○かまくら　鎌倉。カツオの名産地。カツオのシーズンになると、鎌倉で獲れたカツオは特別仕立ての快速船で未明に江戸の魚河岸に運ばれた。○山郭公　山で鳴くホトトギス。ホトトギスは山で鳴き始めそれから里の方に降りてくる。「郭公」はホトトギスの漢字表記の一つ。ウグイスとともに当時の風流人がもっとも愛好した鳥。○はつ鰹　当時の江戸の人が最高の美味として愛好した魚。

三四　遠目鑑《とおめがね》我《が》をおらせけり八重霞《やえがすみ》　（『江戸広小路』延宝6）

【句意】望遠鏡でなんとか遠くの景色を見ようと思ったがあきらめた、八重霞にさまたげられて。霞《かすみ》が晴れず遠くを見ることができなかったのである。春「八重霞」。

【語釈】○遠目鑑　「遠目鏡」と書くのが一般的。望遠鏡。延宝年間にはかなり流布していたようで、京都の清水観音などでは一文《いちもん》の料金で望遠鏡をのぞかせる商売もあったという（前田金五郎『好色一代男全注釈』）。○我をおらせけり　断念させられた。「我をおる」は意地を張ることをやめること。○八重霞　幾重にも重なった霞。霞は遠くの山にかかった低い雲。

三五　李白《りはく》いかに樽次《たるつぐ》はなにと花の滝　（同）

【句意】李白はどのように対応するだろうか、樽次は何というだろうか、花の滝を見て。二人とも大酒飲みだから頭には酒のことしかなく、花の滝を見ても酒の滝飲みを連想するだろうというのである。「滝飲み」は大きなさかずきで立て続けに酒を口に流し込むことをいう。春「花の滝」。

【語釈】〇李白　中国の唐時代の大詩人。酒を愛し酒仙と呼ばれた。〇樽次　大酒飲みとして著名な人物。慶安二年（一六四九）四月に武蔵国《むさしのくに》の大師河原《だいしがわら》（現在の神奈川県川崎市）で大蛇丸底深《おろちまるそこふか》と三日三夜の酒戦をしたことで知られている。「地黄坊《じおうぼう》樽次」とも。〇花の滝　和歌にも使われる言葉だが意味が一定していない。『俳諧御傘《ごさん》』には「滝のごとくの落花をも、また花のちり交じりて落つる滝をも、又花の中に落つる滝をも」と記されている。

三六　おもへ《え》ば人雪折竹《ゆきおれだけ》もなかりけり　（同）

【句意】思っていればだれかやって来そうなものだが、人どころか雪折れダケの音もなく物音一つ聞こえない。だれも訪ねて来る人がいない状況を詠んだ。『古今集』の小野小町の和歌「思ひ《い》つつ寝《ぬ》ればや人の見えつらむ《ん》夢と知りせばさめざらましを」を踏まえたか。冬「雪」。

【語釈】〇雪折竹　積もった雪の重さで折れたタケ。

三七　二万の里唐津《からつ》と申せ君が春
　　　此《この》ごろの亀《かめ》を　（『富士石』延宝7）

【句意】二万年も続く町と呼んで唐津の繁栄を祝いなさい、めでたい正月だ。「カメは万年」（カメは一万年生きる）という俗説を踏まえて唐津の繁栄が二万年も続くことを祈ったのである。春「君が春」。

【語釈】○唐津　唐津藩。現在の佐賀県西北部。陶器の唐津焼で有名な地。○君が春　新年のめでたさを祝う決まり文句。「君」という文字があるから、為政者《いせいしゃ》の善政をことほぐ意味合いがあると考えてよかろう。

【備考】素堂は延宝七年（一六七九）の新年を唐津で迎えている。このときの唐津藩主は松平乗久《のりひさ》で七万石。乗久にとっては唐津で迎える最初の正月だった。

三八　かな文《ぶみ》や小野のお通《つう》の花薄《はなすすき》　（『富士石』延宝7）

【句意】優美な仮名の手紙は小野のお通の花ススキのようなしなやかな姿を思わせる。秋「花薄」。

【語釈】○かな文　仮名で書かれた女性の手紙。女性の手紙は女文字といわれる優美な連綿体《れんめんたい》の書体で書かれた。○小野のお通　美しい仮名文字を書いたことで知られているがなかば伝説上の女性。浄瑠璃の起源とされている『十二段草子』の著者と誤り伝えられてきたがその実体は不明。○花薄　穂の出たススキ。穂を花とみなした。「尾花」とも。

ふじにて

三九　山は扇汗は清見《きよみ》が関《せき》なれや　（『江戸蛇之鮓』延宝7）

【句意】富士山は扇の形をしており涼しい風を送ってくれる、汗は清見が関でとどめられた。「関」は通行人をとどめるところだが、清見が関は汗をとどめてくれたというのである。前書きにより「山」が富士山であることは明らか。夏「扇・汗」。

【語釈】〇ふじ　富士山。富士山を扇にたとえた例としては、石川丈山《じょうざん》の「白扇《はくせん》逆《さかしま》に懸《か》かる東海の天」という有名な漢詩がある。〇清見が関　現在の静岡県静岡市清水区にあった古い関所。当時はすでに関所はなく、現在も残る清見寺《せいけんじ》がその跡といわれている。

上京の比《ころ》

四〇　また是《これ》より若葉一見《わかばいっけん》と成《なり》にけり　（『向之岡』延宝8）

【句意】またこれからは「若葉一見」の季節となりました。サクラの季節が終わり若葉の美しい季節になったことを詠んだ。素堂自選『とくとくの句合《くあわせ》』に「洛陽《らくよう》（京都を指す）の花終りける比《ころ》」という前書きがあり、サクラの季節が終わったあとの若葉の季節に京都に向かって旅立ったことがわかる。謡曲にしばしば「諸国一見の僧」が登場するが、これを踏まえて素堂は「若葉一見の旅人」と洒落《しゃれ》たのである。夏「若葉」。

四一　亦申《またもうす》上野の秋に水無瀬川《みなせがわ》　（同）

【句意】また申し上げます、上野の秋には見るべきものがありませんが、水無瀬川で美しい秋の景色を眺めました。上野はサクラの名所で春の行楽地だが秋は見所の無い場所である。それに対し秋に眺めた水無瀬川の美しい景色に感銘を受けたというのである。「水無」を「見無」（見る所無し）ともじった。秋「秋」。

【語釈】○上野　東京の上野。当時はサクラの名所として有名であった。○水無瀬川　現在の大阪府三島郡本町を流れる川。後鳥羽院《ごとばいん》の離宮があった場所として知られている。歌学書の『能因歌枕《のういんうたまくら》』や『和歌初学抄』では山城国《やましろのくに》（現在の京都府）の歌枕とするが『八雲御抄《やくもみしょう》』では摂津国《せっつのくに》（現在の大阪府）の歌枕とする。

四二　蓮《はす》の実有功《ありこう》経《へ》て古き亀《かめ》もあり　　（『向之岡』延宝8）

【句意】庭の池にはハスの実がある、長年生きている年老いたカメもいる。自分の家のハス池の光景であろう。素堂はハスを愛し蓮池翁《れんちおう》と号している。秋「蓮の実」。

【語釈】○蓮の実　『毛吹草《けふきぐさ》』の歳時記の部では秋の季語とし、その後に刊行された歳時記『増山井《ぞうやまのい》』に夏の季語とする。『毛吹草』に従っておく。○功経て　長い時間を経ること。「功」は「劫《こう》」の誤り。「劫」は仏語できわめて長い時間をいう。俗に「カメは万年」という。カメは一万年も生きるというのである。

中山にて

四三　爰《ここ》ぞ命顔淵《がんえん》が命夏の月　　（『誹枕』延宝8）

【句意】ここが「命なりけり」と詠まれたところだ、顔淵の命のように夏の夜は短く、ゆっくり月を眺める間もなく夜が明けた。『新古今集』の西行の和歌「年たけてまた越ゆべしと思ひ《い》きや命なりけり小夜《さよ》の中山」を踏まえた句。

夏「夏の月」。

【語釈】○中山 佐夜中山《さよのなかやま》。現在の静岡県掛川市東端の峠。遠江国《とおとうみのくに》（現在の静岡県）の歌枕。「佐夜」は「小夜」とも書き、またサヤともいったが、江戸時代になると「佐夜中山」と書きサヨノナカヤマと読むのが一般的になる。○顔淵 儒者。孔子の一番弟子。顔回とも。すぐれた才能がありながら若くして亡くなった。

四四 六月やおはり《わ》初物ふじの雪 （同）

【句意】六月になると雪の終わりを迎えると同時に初物になるよ、富士山の雪は。『万葉集』の和歌「富士の嶺《ね》に降り置ける雪は六月《みなづき》の望《もち》に消《け》ぬればその夜降りけり」を踏まえた句。富士山に降る雪は六月十五日にいったん降り止んで、その日の夜に再び降り始めるというのである。富士山では六月が雪のシーズンの終わりであると同時に初雪のシーズンとなる。六月は一年で一番暑い月。夏「六月」。

四五 髭《ひげ》の雪連歌と打死《うちじに》なされけり （同）

【句意】雪のような白い髭のまま、宗祇《そうぎ》は連歌と討ち死になさった。生涯を連歌にささげた宗祇を連歌と討ち死にしたといいなした。老人だと敵に侮られないよう、髪の毛を黒く染めて、合戦に出て討ち死にした斎藤実盛《さねもり》を念頭において作られた句であろう。冬「雪」。

【語釈】○髭の雪 雪のように白い髭。「雪の髭」を逆にしたのである。室町時代の連歌師である宗祇は見事な髭をはやしていたことで有名。ここは宗祇の髭。○打死　「討死」の誤記。討ち死に。戦いの場で敵と戦って死ぬこと。連歌に生涯をささげたことを比喩的に表現した。

四六　花の千世《ちよ》の何かの春も江戸也《なり》けり　（『誹枕』延宝8）

【句意】「花の春」「千世（千代）の春」、あるいは「何とかの春」というように、新年をことほぐ言葉はいろいろあるが、心から新年をことほぐことができるのは江戸にいればこそである。春「花・春」。

四七　参勤せよ吉野も爰《ここ》に江戸桜　（同）

【句意】喜んで参勤交代の供をしなさい、日本一のサクラの名所である吉野山をここに移したかのように、江戸では江戸ザクラが咲き誇っていますよ。江戸のサクラは吉野山に劣らないというのである。春「江戸桜」。

【語釈】○参勤　参勤交代。諸国の大名が一年交代で江戸で暮らすこと。供を命じられた家臣たちは主君が江戸にいる一年間は単身赴任をすることになる。その経費は藩から出るが、かなり自己負担も多く藩士は参勤交代の供を喜ばなかったようである。○吉野　奈良県の吉野山。日本一のサクラの名所。大和国《やまとのくに》（現在の奈良県）の歌枕。○江戸桜　サトザクラの園芸品種。観賞用に植えられたサクラ。

四八　武蔵野やそれ釈尊《しやくそん》の胸の月　（同）

【句意】武蔵野は広い、さてあの上空に輝く月はまるで釈迦の胸の月明かりのように全体を照らしている。秋「月」。

【語釈】○武蔵野　武蔵国《むさしのくに》（現在の東京都・埼玉県・神奈川県の一部）に広がる大平原。武蔵国の歌枕。○それ　感動詞。相手の注意をうながすために発する語。この句では語調を整える役割を果たしている。○釈尊　釈迦の尊称。○胸の月　悟りを開いた心の比喩。

四九　武蔵野や月宮殿《げつきゆうでん》の大広間　（同）

【句意】武蔵野は月宮殿の大広間のようだ。月に照らされた広大な武蔵野を金銀宝玉によって飾られた月宮殿にたとえたのである。秋「月宮殿」。

【語釈】○武蔵野　関東の大平原。四八の句参照。○月宮殿　月の世界にあるという想像上の宮殿。宝石によって飾られた垣根や金銀によって作られた楼閣があるという。

勢田《せた》

五〇　夕だちや虹のから橋月は山　（同）

【句意】夕立が止んで虹のから橋がかかり月は山の上に見える。瀬田川にかかる虹を瀬田の唐橋《からはし》に見立てた句。日が沈む前の夕方の光景。秋「月」。

【語釈】○勢田　「瀬田」と書くのが一般的。ただし「勢田」と書かれることもある。現在の滋賀県大津市の地名。古くは近江国《おうみのくに》（現在の滋賀県）の国府の所在地。近江国の歌枕。その夕映えは「瀬田の夕照《せきしょう》」として近江八景の一つになっている。○から橋　瀬田川にかかる瀬田の唐橋（「瀬田の長橋」とも）。京都を守るために重要な役目を果たしていた。当時の名所。

宮島にて

五一　廻廊《かいろう》や紅葉《もみじ》の燭《ともしび》鹿の番　（『誹枕』延宝8）

【句意】回廊ではモミジがともし火となり、シカが番をしている。厳島《いつくしま》神社では紅葉《こうよう》したモミジが回廊を明るく照らし、多くのシカが不審者の侵入を防いでいるというのである。秋「紅葉・鹿」。

【語釈】○宮島　広島県の宮島。厳島《いつくしま》神社の所在地であり、日本三景の一つとして知られている。秋はモミジが美しく、また年間を通じて多くの野生のシカがいる。秋はシカの繁殖期でオスのシカが独特の鳴き方をする。○廻廊「回廊」に同じ。厳島神社は海上にあり長い回廊が巡らされている。

長崎にて

五二　入船《いりふね》やいなさそよぎて秋の風　（同）

【句意】多くの入船が停泊しているよ、強風もおさまってそよ風になり秋らしい涼風が吹きはじめた。秋「秋の風」。

【語釈】〇長崎　当時は日本で唯一外国の船を受け入れた港。〇入船　港に停船している各地の船。長崎にはオランダや中国の船もやってきたから外国船もまじっていたであろう。〇いなさ　東南から吹く強風。
【備考】素堂は延宝六年（一六七八）夏に長崎に旅立っている。長崎にどのくらい滞在したのかわからないが、その後唐津をめぐり翌年の延宝七年春ごろに江戸に戻っている。この時素堂が長崎で詠んだ句はこの一句だけである。なお五〇・五一はこの旅の途中で作られた句であろう。

五三　宿の春何もなきこそ何もあれ　（『江戸弁慶』延宝8）

【句意】我が家にも新年がおとずれた、我が家にはこれといった家財道具は何も無いが、何も無いからこそ何でもあるということができる。蘇東坡《そとうば》の漢詩の中に「無一物中《むいちもつちゅう》、無尽蔵」という文句がある。何も無いところに無限の物があるというのである。これを踏まえたのであろう。春「宿の春」。
【語釈】〇宿の春　新年を迎えたことをいう季語。自宅でめでたく新年を迎えたというほどの意味。「宿」は自分の住まい。

五四　蛍稀《まれ》に点置《なかておき》けり池の星　（同）

【句意】ホタルがたまたま中手を置くようにとまっている、池に映る星の間に。池に映る星を碁石に見立てた句。「点」と「星」は縁語。夏「蛍」。

【語釈】○点　囲碁の用語。「なかで」「中手」とも。敵の連続した石の弱点に石を置くこと。中手を置かれれば連続した石が全部死んでしまう。○星　空に輝く星に碁盤に記されている九つの星をかける。

五五　玉子啼《なき》て三十日《みそか》の月の明《あけ》ぬらん　（『東日記』延宝9）

【句意】卵が鳴いて三十日の月の夜が明けるだろう。卵が鳴くことはありえないし、三十日に月が出ることもありえない。ありえないことを詠んだ句。秋「月」。

【語釈】○玉子　ニワトリの卵。ニワトリは夜明けを告げる鳥だが卵はもちろん鳴かない。○三十日の月　旧暦では三十日は月の末日で、月が完全に隠れて見えなくなるから、この日に月が出ることはありえない。江戸時代にありえないことのたとえとして「四角い卵と女郎《じよろう》（遊女）のまこと、あれば三十日に月が出る」とうたわれた。○月の明ぬらん　月が明けるだろう。「夜が明ける」というが「月が明ける」とはいわない。意図的に奇矯な表現をしたのである。

五六　宮殿炉也《なりにようごこうい》女御更衣も猫の声　埋火《うずみび》　（同）

【句意】宮中はいろりのようだ、女御や更衣も集まってきてネコなで声でささやきあっている。宮殿をいろりにたとえ、そこにいる女官たちを暖かいところに集まってくるネコにたとえたのである。『源氏物語』の冒頭の「いずれの御時にか女御・更衣あまたさぶらいたまいけるなかに」を踏まえたのであろう。冬「炉」。

【語釈】○宮殿　宮中。○炉　いろり。○女御　天皇の寝所に侍する女性の地位。皇后・中宮の下。○更衣　女御と同じつとめをする。位は女御の下。

【備考】この句は出典の『東日記《あずま》』において、「埋火」として一括された作品群の冒頭の句。

五七　池はしらず亀甲《きっこう》や汐《しお》を干す心　池上偶成《ぐうせい》　（『武蔵曲』天和2）

【句意】自分が池にいるとは知らないで、土手で甲羅干しをしているカメは潮を干しているつもりなのであろう。狭い池のほとりにいながら、カメは広い海辺で甲羅干しをしているつもりなのだろう、というのである。春「汐を干す」。
【語釈】○偶成　ふと思いついてできた作品。○亀甲　カメの甲羅。

五八　舟あり川の隈《くま》に夕涼む少年歌うたふ《う》　（同）

【句意】舟がとまっている、川の奥まったところで夕涼みをしている少年が歌をうたっている。ことさらに定型を破り、また夕涼みをすることを「夕涼む」という特異な言い方をしているのはこの時期の流行。夏「夕涼む」。

五九　鰹《かつお》の時宿は雨夜のとうふ哉《かな》　（同）

【句意】カツオが出回るシーズンになったが我が家では雨の降る日にとうふを楽しんでいる。夏「鰹」。

【語釈】○鰹　当時江戸でもっとも人気があった魚。夏がシーズンで特に初夏に獲れる初ガツオは人気が高かった。三三の句参照。　○宿　住まい。ここは素堂の住まい。

【備考】この句は出典の『武蔵曲《むさしぶり》』（千春編）では秋の部に配列されている。周知の通りカツオは夏の味覚を代表する魚であり、『武蔵曲』でこの句を秋の部に配列していることは不可解である。ところが素堂が後に自選した『とくとくの句合』では上五《かみご》は「鮭《さけ》の時」である。「鮭」であれば秋の句であり『武蔵曲』の配列は正しい。原本に説明するように『武蔵曲』の「鰹」は「鮭」の間違いであろう。サケはカツオほど人気はないが、肉は淡紅色で美味として知られており、当時は秋の季語として扱われている。この句の上五《かみご》が「鮭の時」であれば「とうふ」は湯豆腐と考えてよかろう。

花桃丈人《かとうじようじん》の身しりぞかれしはいづ《ず》れの江のほとりぞや。「俤《おもかげ》は教《おしえ》し宿に先立《さきだち》てこたえぬ松」と聞《きこ》えしは誰をとひ《い》し心ぞや。閑人閑《かんじんかん》をとはまくすれど《わ》、きのふ《う》はけふ《きょう》をたのみ、けふもまたくれぬ。

六〇　行ずして見《み》五湖煎蠣《いりがき》の音を聞《きく》

（『武蔵曲』天和2）

【句意】その場に行かなくてもその場の光景が目に見えるようです、五湖に匹敵する水郷で煎《い》りガキを作っている音が耳に聞こえてきます。冬「蠣」。

【語釈】○花桃丈人　芭蕉を指す。『常盤屋《ときわや》の句合《くあわせ》』の跋文《ばつぶん》で芭蕉は「華桃園《かとうえん》」と署名している。「丈人」は年配者を敬う敬称。ただし実際には芭蕉は素堂より年下。○俤は…『新後撰集《ごせんしゅう》』の藤原定家の和歌「面影はを《お》しへ《え》しやどに先だちてこたへ《え》ぬ風の松に吹く声」の引用。○閑人　世事を離れて閑居する人。ひまじん。○五湖　中国の代表的な名勝の地。日本では俗世間を離れた理想郷と思われていた。謡曲「舟《ふな》弁慶」に「小船に棹《さお》さして五湖の煙濤《えんとう》を楽しむ」とある。○煎蠣　カキを包丁で細かくたたいて塩を少し加えて鍋で煎った料理。

【前書き大意】芭蕉さんが隠棲したのはどこの川のほとりだったか。藤原定家が和歌で「おもかげは教えし宿に先立ちてこたえぬ松」と詠んでいるのは、誰を訪ねたのであろうか。閑人である私は、あなたのひまなときに伺いたいと思っていますが、昨日は今日お伺いしようと思いながら、今日もまた暮れてしまいました。

六一　山彦《やまびこ》と啼《な》ク子規《ほととぎす》夢ヲ切ル斧《おの》　（『虚栗』天和3）

【句意】やまびことして聞こえてくるホトトギスの声は夢を絶ちきる斧だ。ホトトギスの声がやまびことして聞こえてきて、突然夢が覚めたのである。赤羽学氏の『みなし栗　翻刻と研究』によれば、『古今集』の凡河内《おおしこうちの》躬恒《みつね》の和歌「時鳥《ほととぎす》声も聞こえず山びこはほかに鳴く音《ね》をこたへ《え》やはせぬ」を踏まえた句。夏「子規」。

【備考】中国で出版された漢籍を日本で出版したものを「和刻本」といい、和刻本では助詞や送り仮名はカタカナで表記される。この句が作られた当時漢詩文調という特異な俳諧が流行し、ことさらに漢語を使い助詞や送り仮名を和刻本の表記にならってカタカナを使用した句が多く作られた。本書では原則としてカタカナで記された助詞や送り仮名はひらがなに直すことにしているが、この句の場合は作者が当時の流行に従い意図的にカタカナを使用していると思うので、カタカナ表記をそのまま残した。

六二　贈《いってつにおくる》一鉄

亦《また》や鰹《かつお》命あれば我も魴《まながつお》　（『虚栗』天和3）

【句意】またカツオを食べることができるでしょう、命があれば私もマナガツオくらいは食べたいと思います。旅立つ一鉄に贈った送別の句である。一鉄はこのころ江戸を離れたようである。夏「鰹」。

【語釈】○一鉄　江戸の人。俳諧を趣味とし延宝三年（一六七五）に刊行された『談林十百韻《だんりんとっぴゃくいん》』のメンバーとして知られる。○鰹　江戸の人にとって夏の味覚を代表する魚。三三の句参照。○魴　体長六〇センチほどになる外洋性の魚。旬は初夏だが冬にとれるマナガツオは身がしまってうまいという。従来オシキウオと読まれてきたが『書言字《しょげんじ》考《こう》節用集』に従って読みを改めた。

六三　荷興《かきょう》　十唱

浮葉《うきは》巻葉《まきは》此蓮《このれん》風情過《すぎ》たらん　（同）

【句意】水に浮かんでいる葉やまだ十分に開かないで巻いた状態になっている葉など、これらの葉が作り出すハス池の光景は何ともいえない風情をかもしだしている。単に美しいというだけでは言い尽くせないハス池の情景を描こうとした。「過たらん」というのは期待していた以上だという意味である。夏「蓮」。

【語釈】○浮葉　水に浮いたように開いているハスの葉。○巻葉　開ききっていないハスの葉。○蓮　ハスと訓読せずにレンと音読する。芭蕉はこの句の「蓮」はレンと音読みにすべきだと門人の牧童《ぼくどう》に教えたという（支考・牧童共編『草刈笛《くさかり》』「牧童伝」）。

【備考】この句から七二の「或は唐茶に酔坐して舟ゆく蓮の楫」までの十句は「荷興」という題で詠まれている。「荷興」の「荷」はハスの意味で、この一連の十句はハスのおもしろさをテーマとしている。中国の儒学者周茂叔《もしゅく》はハスの花を愛して「花の君子なる者なり」と称賛している。

六四　鳥うたがふ風蓮《うふうれん》露を礫《つぶて》けり　（同）

【句意】鳥が疑っている、風で吹き飛んだハスの露を自分に向かってなげられた小石かと。夏「蓮」。

【語釈】○風蓮　風に吹かれるハス。素堂の造語か。漢詩に「風荷《ふうか》」（「荷」はハスのこと）という語は見えるが「風蓮」は見当たらない。○礫　人が投げた小石。「礫けり」という特異な表現は当時流行の漢詩文調の影響。

六五　そよがさす蓮雨《れんう》に魚《うお》の児踊《ちごおどり》　（同）

【句意】雨でそよいでいるハスの葉の間で小魚がちご踊りをおどっている。ハスの葉の間を動いている小魚の群れをちご踊りに見立てたのである。夏「蓮雨」。

【語釈】○そよがさす　そよがせる。「そよがす」の未然形の「そよがさ」に使役の助動詞「す」が付いた形であろう。○蓮雨　ハスに降る雨。素堂の造語であろう。○児踊　祭礼のときに子供だけでおどる踊り。

六六　荷《はす》たれて母にそふ鴨《かも》の枕《まくら》蚊屋《がや》　（『虚栗』天和3）

【句意】ハスの葉が垂れた様子は、母ガモに寄り添う子ガモの枕蚊帳のようだ。夏「荷」。

【語釈】○荷　ハス。江戸時代の辞書には「ハス」と読む漢字として「荷」と「蓮」をあげている。○枕蚊屋　幼児の枕もとを覆う小さい蚊帳。「蚊屋」は「蚊帳」の当時の慣用的な表記。

六七　青蜻《あおとんぼ》花のはちすの胡蝶《こちょう》かな　（同）

【句意】アオトンボがハスの花を飛び回っている様子は、サクラの花を飛び回るチョウのようだ。ハスの花の間を飛び回るアオトンボを、花の間を飛び回るチョウになぞらえたのである。夏「花のはちす」。

【語釈】○青蜻　アオヤンマとも。黄緑色または青緑色のトンボ。○はちす　ハスの古い言い方。○胡蝶　チョウのこと。チョウの種類ではない。

六八　おのれつぼみ己画《おのれえがき》てはちすらん　（同）

【句意】みずからの力でつぼみとなり、筆のような形をしたそのつぼみでみずからを描いてハスの花となるのだろう。ハスの花がつぼみとなり、そのあと花となる過程を詠んだ。夏「はちす」。

【語釈】○はちすらん　ハスの花となるだろう。名詞の「はちす」に推量の助動詞の「らん」が付いた形。このような奇矯な表現は当時の流行。

六九　花芙蓉《はなふよう》美女湯あがりて立《たて》りけり　（同）

【句意】ハスの花は美女が湯から上がって立っているような姿だ。白楽天《はくらくてん》の漢詩「長恨歌《ちょうごんか》」に「温泉、水滑らかにして凝脂《ぎょうし》を洗う」という楊貴妃《ようきひ》の入浴姿を念頭において作られた文句があり、このすぐ後に「芙蓉の帳《とばり》暖かにして春宵《しゅんしょう》を渡る」という文句がある。この情景を念頭において作られた句。夏「花芙蓉」。

【語釈】○花芙蓉　ハスの花。「芙蓉」はハスの異名。「長恨歌」の「芙蓉の帳」はハスの花を刺繍したカーテンである。

七〇　荷《はす》をうつて霰《あられ》ちる君みずや村雨　（同）

【句意】ハスの葉をたたいて、あられが散るように水しぶきが散った、あなたには見えなかっただろうか、村雨が降ったような光景が。夏「荷」。

【語釈】○荷　ハス。六六の句参照。○君みずや　漢詩に多用される文句。○村雨　突然激しく降ってきたと思ったら急に止む雨。にわか雨。

七一　蓮《れん》世界翠《みどり》の不二《ふじ》を沈むらん　（『虚栗』天和3）

【句意】一面にハスの花が咲いてるハスの世界は、池の底に緑の富士山を沈めているのだろう。ハス池の緑は池の底の富士山の緑が地上に現れたのであろうというのである。夏「蓮」。

【語釈】○蓮世界　一面にハスで覆われているハス池。ハスが仏教の極楽浄土と縁の深い植物であることを念頭においた素堂の造語であろう。「世界」は仏教で言う「三千大世界」などという広大な世界。狭いハス池を広大な三千大世界になぞらえたのである。○不二　「富士」の慣用的当て字の一つ。富士山。

【備考】原本は「蓮世界翠の不二の沈むらく」。この句形は後世に編集された『俳諧五子稿』の誤りである。出典の『虚栗《みなしぐり》』では「沈むらん」。

七二　或《あるい》は唐茶《とうちゃ》に酔坐《よいざ》して舟ゆく蓮《れん》の楫《かじ》　（同）

【句意】あるいは唐茶に酔って座ったままで舟を進める、ハスのかじを操って。夏「蓮」。
【語釈】○唐茶　中国から渡来した茶。芭蕉一門の俳文集『本朝文選《もんぜん》』巻六の「雲華園《うんげえん》の銘」によれば、隠元禅師が日本にもたらしたという。なお唐茶は僧侶の間で酒の隠語として用いられることもあるが、茶道のたしなみが深かった素堂がこのような意味で用いたとは考えられない。○酔　茶を飲んで陶然《とうぜん》とした気分になること。「酔」は酒に限って用いられる言葉ではない。○蓮の楫　ハスの茎で作った舟のかじ。素堂の造語で、蘇東坡《そとうば》の漢文「赤壁賦《せきへきのふ》」に出てくる「蘭《らん》の槳《かじ》」のもじりであろう。

七三　小鮎《こあゆ》とり魦《はえ》とりおもはず《わ》鯉《こい》が淵《ふち》　（『空林風葉』天和3）

【句意】コアユをとりハエをとり、夢中になっていたら思いがけず鯉が淵まで来てしまった。春「小鮎」。

【語釈】○小鮎　春に川をさかのぼる幼いアユ。○魦　アユに似た小魚。『誹諧《はいかい》初学抄』では春の季語とする。「ハヤ」とも。原本のルビは「ハヘ」。○鯉が淵　地名であろうが未詳。『続江戸砂子温故名跡志』に鯉ヶ崎（「恋崎」とも）という地名がある。ここを指すか。同書によれば鯉ヶ崎は江戸川に架かる立慶橋《りゅうけいばし》と中の橋の間で、コイが多いと記されている。

七四　林下読書
蠹《しみ》とならん先《まず》木の下の蟬《せみ》とならん　（『白根嶽』貞享2）

【句意】いずれはシミになるだろう、その前にまず木の下のセミになるだろう。林のなかであまり熱心に本を読んでいると、いずれはセミになり最後はシミになるだろうというのである。「シミ」と「セミ」の語呂合わせ。夏「蟬」。

【語釈】○蠹　紙を食べる虫。和本にとってはシミは大敵。手入れを怠り和本を放置するとシミに食い荒らされて使いものにならなくなる。

七五　余花ありとも楠《くすのき》死して太平記　（『一楼賦』貞享2）

【句意】余花があるといってもサクラはすぐに散ってしまう、一方、楠木正成《くすのきまさしげ》は死んだあとその功績は『太平記』に記され彼の名は永遠に残っている。夏「余花」。

【語釈】〇余花　夏になっても咲き残っているサクラ。〇楠　楠木正成。『太平記』に登場する英雄の一人。

七六　いつか花に茶の羽織檜木笠《ひのきがさ》みん　　（『一楼賦』貞享2）

蕉桃青《しょうとうせい》たびに有《ある》をおもふ《う》

【句意】いつかまたサクラの木の下で、茶の羽織を着て檜木笠をかぶった芭蕉の姿を見たい。前書きによれば旅に出た芭蕉を思いやって詠んだ句である。春「花」。

【語釈】〇蕉桃青　芭蕉桃青の略。俳人の芭蕉のこと。芭蕉は延宝三年（一六七五）ごろに桃青という号を使うようになり、天和年間（一六八一〜一六八四）から芭蕉という号を使うようになった。ただし芭蕉という号を使うようになっても桃青の号を捨てず芭蕉桃青や蕉桃青と署名した。〇羽織　防寒用に着物の上に着るもの。寒い時期の旅には羽織は必需品。なお一般庶民でも改まった席に出るときに羽織を着ることは当時の慣習。芭蕉は茶色に変色した古い羽織を愛用していたらしい。一三九の句参照。〇檜木笠　ヒノキの薄い板を編んで作った笠。笠は旅の必需品。

【備考】芭蕉は貞享元年（一六八四）八月中旬に『野ざらし紀行』の旅に出立する。この旅は芭蕉が江戸に出てから二度目の旅であり、翌年貞享二年の四月下旬に江戸に戻っている。

七七　吾荷葉《わがかよう》梅に烏《からす》のやどり哉《かな》　（同）

【句意】我が家の庭にハス池があるが、これではウメにウグイスならぬカラスがとまっているようなものだ。自分のような貧乏人の住まいにハスのような高貴な花は不似合いだというのである。夏「荷葉」。

【語釈】○荷葉　ハス。素堂はハスの高貴なおもむきを愛し、自宅の庭に池を作ってハスを植えみずからも蓮池翁《れんちおう》と号している。○梅に烏　不似合いな取り合わせとしてあげた。○やどり　住まい。また一時的にとどまる所。

歳暮

七八　市《いち》に入《いり》てしばし心を師走哉　（『歳旦三物集』貞享3）

【句意】市中にやってきてしばらくの間師走らしい気持ちになった。人混みの中で師走らしいあわただしい気持ちになったのである。冬「師走」。

【語釈】○市　市中。年末には正月用の食べ物や飾り物などを売る年の市が立つが、ここはそれを含めた市中の意味で、具体的には日本橋界隈をいうのであろう。

七九　雨の蛙声《かわずこわ》高になるも哀也《あわれなり》　（『蛙合』貞享3）

【句意】雨が降り出してカエルが声高に鳴き始めたのもおもむきがある。『新古今集』の藤原忠良《ただよし》の和歌「をりにあへ《おえ》ばこれもさすがにあはれ《わ》なり小田のかはづ《わず》の夕暮の声」を踏まえた。春「蛙」。

八〇　寒くとも三日月見よと落葉《おちば》哉《かな》　（『孤松』貞享3）

【句意】寒くても三日月を見なさいと木の葉が散る。木の葉はみずから散って三日月が見えるようにしてくれているというのである。冬「落葉」。

八一　春もはや山吹《やまぶき》しろく苣《ちさ》苦し　（『続虚栗』貞享4）

【句意】春もはや晩春だ、ヤマブキの花も色あせて白っぽく、チサも苦みが強くなって食べられない。春も過ぎ去ろうとしている感慨を、ヤマブキの花の色とチサの味で表現した。春「春・山吹・苣」。

【語釈】〇苣　野菜の名。当時の百科事典『和漢三才図会《ずえ》』に「春月《しゅんげつ》、日用の菜《さい》となす」とあるから、春を代表する野菜だったのであろう。「チシャ」ともいうが古い歳時記では「チサ」。

八二　もろこしのよしのの奥の頭巾《ずきん》哉　（同）

烏巾《うきん》を送る

【句意】これは中国の吉野の山奥で作られた頭巾です。貞享四年（一六八七）十月、故郷に帰る芭蕉に中国製の頭巾を贈ったときの句である。中国製の頭巾を中国の吉野の山奥で作られた頭巾だとふざけたのである。冬「頭巾」。

【語釈】○烏巾　隠者のかぶる黒い頭巾。『日本国語大辞典』や『角川古語大辞典』に立項されていないが、『大漢和辞典』には立項されている。また初稿本『野ざらし紀行』のコ斎《こさい》の句の前書きに用例がある。『古文真宝前集』巻五に収録されている馬子才《ばしさい》の漢詩「思亭に燕《えん》す」に出てくる「烏角巾《うかくきん》」と同じものであろう。○もろこしのよしの中国の吉野。『古今集』の藤原時平《ときひら》の和歌「もろこしの吉野の山にこもるともおくれむ《ん》と思ふ《う》我ならなくに」によって広まった言葉で、架空の地名である。

【備考】故郷に旅立つ芭蕉に贈った送別の句文を集めた『伊賀餞別《せんべつ》』(『句餞別』とも) にもこの句が収録されているが、その前書きによれば、このとき素堂が芭蕉に贈ったのは彼が以前長崎に出かけたおりに買ってきた頭巾である。

八三　芭蕉いづ《ず》れ根笹《ねざさ》に霜の花盛《はなざかり》　(同)

【句意】枯れ果てたバショウに霜が降りている光景と、ネザサに霜が降りて一面に花が咲いたようになっている光景と、どちらがすばらしいだろうか。冬「霜」。

【語釈】○芭蕉　植物のバショウである。夏に大きな葉を勢いよく広げるが、秋から冬にかけて枯れ果ててみすぼらしい姿になる。○根笹　ササの一種。地上一面に葉を広げるが高くはならない。○霜の花　白い霜を花にたとえた語。

閑《かん》

八四　年《とし》の一夜《ひとよ》王子の狐《きつね》見にゆかん　（『続虚栗』貞享4）

【句意】大晦日《みそか》の夜は王子稲荷《いなり》に集まるというキツネを見に行こう。隠者として暮らしている身には大晦日といっても特別何かする必要もない。王子のキツネでも見に行こうか、というのである。冬「年の一夜」。

【語釈】○閑　ひまなこと。素堂は定職をもたなかった。○年の一夜　「年の夜」に同じ。一年の最後の夜。大晦日の夜。人々があわただしく行き交う日。○王子の狐　王子は現在の東京都北区の地名。王子稲荷という神社がある。大晦日の夜この神社に関東八カ国のキツネが集まるという俗説があった。この俗説は当時広く知られていた。

蘭亭《らんてい》の主人池に鵞《が》を愛せられしは筆意有故也《あるゆえなり》

八五　池に鵞なし仮名書《かながき》習ふ《う》柳影　（『曠野』元禄2）

【句意】私の庭の池にガチョウはいない、私は仮名を練習している、ヤナギの木陰で。書聖と称された中国の書家の王羲之《ぎし》がガチョウを愛して池で飼っていたという故事を踏まえた句。王羲之は中国人だからその書は漢字に限られるが、私は和風の仮名を書いているというのである。春「柳」。

【語釈】○蘭亭　中国の浙江省《せっこうしょう》にあった風流な建物。王羲之など中国の名士が会したところとして有名。王羲之が書いた「蘭亭の序」は、古くから行書の手本とされてきた。この句の前書きを読むと、素堂は蘭亭を王羲之の別荘と思っていたようだがこれは誤解である。○鵞　ガチョウ。○筆意　書のおもむき。ガチョウの泳いでいる姿が漢字の書体に似ているというのである。

八六　綿《わた》の花たまたま蘭《らん》に似《にた》るかな　（同）

【句意】ふとした偶然でワタの花がランに似ているように見えた。まったく違うものが偶然同じものに見えたおもしろさを詠んだ。秋「綿の花」。

【語釈】○綿の花　夏に淡黄色の花が咲く。当時はいたるところにワタ畑があった。○蘭　品種が多く、いずれも気品の高い良い香りがする花として知られている。ウメ・タケ・キクと共に四君子《しくんし》といわれている高貴な花。

宗祇《そうぎ》法師のこと葉によりて

八七　名もしらぬ小草《おぐさ》花咲《さく》野菊哉《かな》　（同）

【句意】名も知らない小さな草の花が咲いている、これが野ギクの花だ。秋「野菊」。

【語釈】○宗祇　室町時代の著名な連歌師。○野菊　特定の植物ではなく秋になると野原で小さい花をつけている植物の総称。

【備考】宗祇は『吾妻《あずま》問答』において、蜷川親当《にながわちかまさ》（号は智蘊《ちうん》）の「名もしらぬ小草花さく河べかな」という句など五句の発句《ほっく》をあげて、「この五句は心にたくみもなく、ありのままにいいて、しかもやさしき心ざまなり」と賞賛したという（新日本古典文学大系『芭蕉七部集』の上野洋三氏の注による）。この句の前書きはこのことを踏まえているのであろう。素堂は「名もしらぬ」の句を宗祇の句と誤解していたようである。

八八　九月十三夜《じゅうさんや》
唐土《もろこし》に富士あらばけふ《きょう》の月も見よ　（『曠野』元禄2）

【句意】中国にも富士山という山があるなら、九月十三夜の今日、日本の富士山に敬意をはらって月見をしなさい。もちろん中国に富士山という山はない。秋「月」。

【語釈】○九月十三夜　「後《のち》の月」といわれる名月の夜。八月十五日の仲秋の名月は中国の慣習をまねたものだが、九月十三日の後の月は日本独自の慣習で、平安時代の宇多天皇の時代に始まると言われている。

誰《たれ》か華《はな》を思はざらむ《ん》。たれか市中にありて朝《あした》のけしきを見む《ん》。我東《われあずま》四明《しめい》の麓《ふもと》に有《あり》て、花のこころはこれを心とす。よつて佐川田喜六《さかわだきろく》の「よしの山あさなあさな」といへ《え》る歌を実《まこと》にかんず。又

麦喰《くい》し雁《かり》と思へ《え》どわかれ哉《かな》

此《この》句尾陽《びよう》の野水子《やすいし》の作とて芭蕉翁の伝へ《え》しを、なを《お》ざりに聞《きき》しに、さいつ比《ころ》田野へ居《きょ》をうつして、実《まこと》に此《この》句を感ず。むかしあまた有《あり》ける人の中に虎の物語せしに、とらに追は《わ》れたる人ありて、独《ひとり》、色を変じたるよし、誠のおほ《お》ふ《う》べからざる事左《さ》のごとし。「猿を聞《きき》て実に下《くだ》る三声《さんせい》のなみだ」といへ《え》るも、実の字老杜《ろうと》のこころなるをや。猶《なお》雁の句をしたひ《い》て

八九　麦をわすれ華《はな》におぼれぬ雁ならし　（同）

【句意】ムギを食い荒らしたことを忘れ、またサクラに心を奪われることがないのがカリの習性のようだ。何事にも心をとどめないカリの自由な生き方をうらやんだ句。春「華」。

【語釈】○東四明　東の四明。寛永寺のある江戸の上野。上野は当時からサクラの名所。四明は延暦寺のある比叡山《ひえいざん》の別称。寛永寺の山号を東叡山《とうえいざん》というがこの山号は東の比叡山という意味である。小高い上野を比叡山に見立てたのである。○佐川田喜六　淀《よど》藩主永井尚政《なおまさ》の家臣。名は昌俊《まさとし》。寛永二十年（一六四三）没。歌人として知られる。「吉野山花待つころの朝な朝な心にかかる峰の白雲」は名歌として広く知られていた。○尾陽　名古屋。○野水子　名古屋の町人。芭蕉の門人。「子」は敬称。○虎の物語　大勢の人の中でトラの話をしたとき、トラに襲われたことがある人が、一人だけ恐ろしさに顔色を変えたという話。中国で作られた儒学の入門書『小学』の「致知《ちち》類」にある話。○猿を聞て　杜甫《とほ》の漢詩「秋興八首」の第二首の文句「猿を聴《き》きて実に下る三声の涙」の引用。○老杜　杜甫の敬称。

【前書き大意】だれがサクラが咲くのを待ち遠しいと思わないだろうか。だれがごたごたした町中にいて朝のすがすがしい情景を見たいと思わないだろうか。私は上野の山のふもとに住んでいて、サクラの心に従って花が咲く季節を待ち遠しく思っています。したがって佐川田喜六の「吉野山朝な朝な」という和歌に深い感銘を受けています。また、

麦喰し雁と思へどわかれ哉

（ムギを食い荒らしたカリを憎らしいと思うが、別れるのは寂しい）

この句は名古屋の野水君の作だと芭蕉翁が教えてくれたのに、いい加減に聞いていたのだが、最近田舎に住まいを移して、しみじみとこの句に感銘を受けた。昔多くの人の中でトラに襲われた物語をしたところ、その中にトラに追い

かけられたことのある人がいて、この人が一人だけ顔色を変えたということだ。実際に経験したことはいつまでも消えないで心に残っているのはこのとおりです。「猿を聞きて実に下る三声のなみだ」という文句も、「実」の一字に杜甫の心にきざまれた感動が示されています。なお、野水君のカリの句を慕って、私も次のように詠みました。

己巳《つちのとみ》九月十三夜《じゅうさんや》游園中《えんちゅうにあそぶ》　十三唱

其《その》一

ことしや中秋の月は心よからず。此夕《このゆうべ》はきりのさはり《わ》もなく、遠き山もうしろの園に動き出《いず》るやう《よ》にて、

さきの月のうらみもはれぬ。

九〇　富士筑波《つくば》二夜《ふたよ》の月を一夜《ひとよ》哉《かな》

（『其袋』元禄3）

【句意】富士山も筑波山も見える、二日分の月を一晩で眺めつくした。富士山と筑波山を出すことで、大空が晴れ渡って視界を妨げるものが何もないことを示した。仲秋の名月は雨で見ることができなかったが、九月十三日の後《のち》の名月は快晴だったのである。秋「月」。

【語釈】○己巳　干支《えと》。元禄二年（一六八九）は己巳の年に当たる。○九月十三夜　後の名月。八八の句参照。○動き出る　『伊勢物語』七七段の「山もさらに堂の前に動きいでたるようになん見えける」を踏まえた。快晴だったので遠くの景色がはっきりと見えたのである。○さきの月　八月十五日の仲秋の名月。○富士筑波　西の富士山と東の筑波山。富士山は現在の静岡県と山梨県にまたがり筑波山は茨城県にある。筑波山は富士山と並び称せられる関東の名山で常陸国《ひたちのくに》（現在の茨城県）の歌枕。○二夜の月　八月十五日の仲秋の名月と九月十三日の後の名月。八八の句

参照。

其二　寄菊《きくによす》

九一　たのしさや二夜《ふたよ》の月に菊そへ《え》て　（同）

【句意】楽しいことだ、二日分の名月を兼ねたこの日に、さらにキクを添えて。九月十三日の後の名月のころはキクのシーズンでもある。秋「月・菊」。

【語釈】○寄　和歌や俳諧などで主たるテーマを示す言葉。この句では「菊」がテーマである。○二夜の月　八八と九〇の句参照。

其三　寄茶《ちやによす》

九二　江《え》を汲《くみ》て唐茶《とうちや》に月の湧《わく》夜哉　（同）

【句意】川の水を汲んでたてた唐茶に月の姿が浮かんだ。唐茶に月が映ったのである。秋「月」。

【語釈】○江　川。この句では隅田川を指す。○唐茶　中国から渡来した茶。七二の句参照。

其四

九三　旨《うま》すぎぬこころや月の十三夜《じゆうさんや》　（同）

【句意】満ち足りたという気持ちではない、十三夜の月は。十三夜の月は満月に二日足りず、十分過ぎるというほどではないというのである。秋「月」。

【語釈】○旨すぎぬ　うますぎない。十分過ぎるほど満足したわけではない。○十三夜　九月十三日の後《のち》の名月。

【備考】この句には「其四」とあるだけで題も前書きもない。

其五　寄蕎麦《そばによす》

月に蕎麦を占《うらなう》ことふるき文《ふみ》に見えたり。我《わが》そばはうらなふ《う》によしなし。

九四　月九分《きゆうぶ》あれのの蕎麦よ花一つ　（『其袋』元禄3）

【句意】月は九分ほどの円だ、荒れ野のソバに花が一つ咲いた。秋「月」。

【語釈】○蕎麦を占こと　未詳。○よしなし　かいがない。無駄である。「うらなふによしなし」は占うまでもないということである。占うまでもなくソバの出来が悪いことは、収穫する前からわかりきっているというのである。素堂は自宅の庭にソバを植えていたのであろう。○九分　ほとんど完全に近いこと。この句の場合月の形が完全な円形に近いこと。九月十三夜の月の形。「くぶ」とも。

【備考】前書きに「月に蕎麦を占こと」とあるが、このことについては未詳。月の状態によってソバが豊作かどうか占うのであろう。

其六
九五　畠中《はたなか》に霜を待瓜《まつうり》あり。試《こころみ》に筆をたてて
冬瓜《かもうり》におもふ《う》事かく月み哉《かな》　（同）

【句意】カモウリに思うことを書いた、月見の夜に。たわむれにカモウリにいたずら書きをしたのである。秋「冬瓜」。

【語釈】○筆を立てて　筆で文字を書くこと。筆で文字を書き始めるところを「筆の立所《たちど》」という。○冬瓜　トウガ、あるいはトウガンとも。秋になると、表面に白い粉を吹いた緑色の大きな実がなる。『毛吹草《けふきぐさ》』「誹諧《はいかい》四季の詞《ことば》」では「冬瓜《かもうり》」と記載し八月の季語とする。江戸時代の歳時記『滑稽雑談《ぞうだん》』では、「冬瓜」という文字を当てたのは、冬に熟するからだと説明されている。

其七　同隠相求《どういんあいもとむ》といふ《う》心を
九六　むくの木のむく鳥ならし月と我　（同）

【句意】ムクの木のムクドリのようだ、月と私は。ムクドリがムクの木を好んで集まってくるように、私は月を好んで自分の友としているというのである。前書きは隠者同士がおたがいにひかれあう気持ちを詠んだというほどの意味。秋「月」。

【語釈】○同隠　隠者同士。素堂はみずからを隠者と称していた。○むくの木　ニレ科の落葉高木。果実はダイズほどの大きさで甘みがあり食べられる。○むく鳥　日本各地で見られる鳥。東北地方や北海道で繁殖したものが秋に

なると大挙して本州中部以西にやってくる。一説によるとムクの木の実を好むのでムクドリと呼ばれるようになったという。

其八　寄《すすきによす》薄

九七　蘇鉄《そてつ》にはやどらぬ月の薄《すすき》かな　（『其袋』元禄3）

【句意】ソテツの上にとどまらない月がススキを一面に照らしている。秋「月」。

【語釈】○蘇鉄　常緑低木。異国情緒を感じさせる木である。観賞用に植えられることが多い。素堂の家の庭にも植えられていたのであろう。

其九　寄《つたによす》蘿

九八　遠《とおく》とも月に這《はい》かかれ野辺の蘿《つた》
　　　松にあは《わ》ぬも時ならんかし　（同）

【句意】手が届かない遠い所にあっても月に這《は》いかかれ、野原のツタよ。秋「月」。

【語釈】○蘿　ツタ。「蔦」とも。秋の紅葉が美しく、現在でも観賞用に壁や石垣に這わせてあるのを見かける。

【備考】後書きは、這いかかるのに適当なマツに出会わなかったのは時期が悪かった、という意味である。何か寓意があるような後書きである。

其十
一水一月《いっすいいちげつ》千水千月といふ《う》古ごとにすがりて、我身《わが》ひとつの月を問《とう》。

九九　袖につまに露分衣《つゆわけごろも》月幾《いく》つ　（同）

【句意】袖に月の光が差し褄《つま》にも月の光が差す、私の露に濡れた着物にはいくつの月が宿るのだろうか。前書きは「一水一月千水千月」という古い言葉に引かれて自分だけの一つの月を探し求めたという意味。秋「月」。

【語釈】○一水一月千水千月　出典未詳。一つの流れに一つの月があり千の流れには千の月があるという意味であろう。其日庵錦江《きじつあんきんこう》の素堂の発句の注釈書『白蓮《びゃくれん》集解説』には、鎌倉時代に作られた『雲葉《うんよう》集』の小弁《しょうべん》の和歌「うつしとる水なかりせば久方の月を一夜にふたつ見ましや」を挙げている。また『茶席の禅語大辞典』には「一月《いちげつ》天に在り、影衆水《かげしゅうすい》に印す」という言葉が収録されている。二八二の句参照。○古ごと　古言。古い書物に記された言葉。○我身ひとつの月　自分だけの月。『古今集』の大江千里《ちさと》の和歌「月みれば千々に物こそ悲しけれ我が身一つの秋にはあらねど」を踏まえた。○問　尋ねた。自分だけの月がどこにあるか尋ねたというのである。○つま　着物の褄。着物のすその左右の両端。○露分衣　草の間を歩いて露に濡れた着物。歌語。古くは『万葉集』に用例がある。

其十一　答《こたえ》

一〇〇　月一つ柳ちり残る木の間より　（同）

【句意】月が一つ、ヤナギの葉が散り残っている木の間から見える、あれが私の探していた月だ。前の九九の句の前書きに「我身ひとつの月を問」とあるのを受けて、その答えとして詠んだ句。秋「月」。

【備考】九九の句の注で挙げた『白蓮集解説』には、『続拾遺集』のよみ人知らずの和歌「影はまたあまたの水にやどれども澄みける月はふたつともなし」と『華厳経《けごんきょう》』の「影像無量といえども、本月いまだかつて二ならず」という文句を挙げている。

其十二　寄芭蕉翁《ばしょうおうによす》

こぞのこよひは《い》彼庵《かのいおり》に月をもてあそびて、こしの人あり、つくしの僧あり。あるじもさらしなの月より帰《かえり》て、「木曽の痩《やせ》もまだなを《お》らぬに」など詠じけらし。ことしも又月のためとて庵を出《いで》ぬ。松しま・きさがたをはじめ、さるべき月の所々をつくして、隠のおもひ《い》出にせんと成《なる》べし。

一〇一　此《この》たびは月に肥《こえ》てやかへ《え》りなん　（『其袋』元禄3）

【句意】こんどの旅ではあちらこちらで月をながめて詩想を蓄えて帰ってくることでしょう。旅では痩せるような苦労もあるでしょうが、途中あちらこちらで美しい月を眺めて月の名句がたくさんできるでしょう、というのである。秋「月」。

【語釈】○こぞのこよひ　去年の今夜。貞享五年（一六八八。九月三十日に元禄と改元）の九月十三日の夜を指す。この日芭蕉庵で十三夜の月見の句会があった。○芭蕉翁　芭蕉。「翁」は年配者に対する敬称。芭蕉は素堂より二歳年下であったが、彼は芭蕉を「翁」という敬称を付けて呼ぶことが多い。○彼庵　深川の芭蕉庵。素堂の住まいのごく近くにあった。〇こしの人　越の人。北陸地方の人。芭蕉の門人の越人《えつじん》を指す。当時越人は名古屋に住んでいたがもとは北越の人だという。このとき江戸に滞在していた。「北越」は越後国《えちごのくに》（現在の新潟県）と越中国《えっちゅうのくに》（現在の富山県）の総称。〇つくしの僧　九州の僧。芭蕉庵の十三夜の句会に出たメンバーのうち、宗波に「僧」と肩書きがあるからこの人を指すのであろう。彼はもとは九州の人だったのであろう。貞享年間（一六八四～一六八八）以後この人は芭蕉ときわめて親しい関係にあった。〇さらしな　ここは信濃国《しなののくに》（現在の長野県）更級郡《さらしなぐん》の姨捨山《おばすてやま》。月の名所であり、またおば捨て伝説で知られている。〇木曽の痩　痩せるような思いで木曽街道を旅したこと。芭蕉の句「木曽の痩もまだなをらぬに後《のち》の月」を踏まえた。木曽は信濃国の一部。現在の木曽郡にあたる地域。日本有数の森林地帯。中山道のこの部分を木曽街道、あるいは木曽路という。貞享五年八月下旬に芭蕉は江戸に戻るがこのとき彼は中山道を利用した。〇松しま　仙台の東に広がる絶景で、現在も東北最大の観光地。〇きさがた　「象潟」また「蚶潟」とも。出羽国《でわのくに》由利郡（現在の秋田県由利郡）にあり松島と並ぶ名勝地であったが、文化元年（一八〇四）の地震で芭蕉が見た美しい光景は完全に失われた。江戸時代はキサガタといわれたが現在はキサカタという。〇隠　世の中のわずらわしさを避けて隠れ住む人。隠者。ただし「隠」の一字だけで隠者の意味に用いるのは珍しい。素堂の好みか。九六・一二二・一五四の句参照。

【前書き大意】去年の九月十三夜は芭蕉の庵で月を楽しみましたが、北陸の人や九州の坊さんも参加していました。主人の芭蕉も更級の月を眺めて江戸に戻り、「木曽の痩もまだなおらぬに」という句を詠みました。今年もまた月を眺めるために庵を出ました。松島と象潟をはじめとして、月の景色で知られる所を残らず見尽くして隠者の思い出にしようというつもりなのでしょう。

其十三　園《えん》より帰る

一〇二　われをつれて我影《わがかげ》帰る月夜かな　（『其袋』元禄3）

【句意】 私を引き連れて私の影が帰って行く、美しい月夜に。自分が動くと影も動くのだが、これを逆にして影の動きに従って自分も動くといったのである。自分の家の庭から家に戻る間の情景である。李白の漢詩「月下独酌《どくしやく》」其一の「盃《さかずき》を挙げて名月を邀《むか》え、影に対して三人となる」を踏まえた句であろう。いずれも月と自分と自分の影の三人連れである。秋「月夜」。

【語釈】 ○園　庭園。屋敷の庭。ここは素堂の住まいの庭。素堂は庭にハス池を作り（四一・七七・二九七の句参照）、また花や野菜などを植えていたようである。

一〇三　垣根破るその若竹をかきね哉《かな》　（『いつを昔』元禄3）

【句意】 垣根を壊して生えてきた若タケを垣根に利用しているよ。素堂自選『とくとくの句合』に「八雲《やくも》の神詠をかりて」と記しているから、『古事記』のスサノオノミコトの和歌「八雲立つ いづ《ず》も八重垣《やえがき》つまごめに八重垣作るその八重垣を」を踏まえた句であることがわかる。夏「若竹」。

一〇四　おもだかや弓矢たてたる水の花　（同）

【句意】オモダカが咲いている、弓の矢じりを立てたような形で、「水の花」といわれるハスの花のようだ。夏「おもだか」。

【語釈】○おもだか　水田や池などに生える植物。葉は矢じりの形で夏に花茎をのばし上部に白い花が咲く。ただしハスの花のように大きくはない。○弓矢　弓と矢の意味だがここは弓の矢。○水の花　ハスの花。連歌の参考書『藻塩草《もしおぐさ》』に「水のはな、蓮《はす》の事なり」とある。

一〇五　河骨《こうほね》や終《つい》にひらかぬ花盛《はなざかり》　（同）

【句意】コウホネが咲いている、とうとう花びらを開かないままだ、花盛りにも。コウホネの花は満開の時期になっても花びら全体が開ききることはなく、つぼみがふくらんだような状態で咲いている。夏「河骨」。

【語釈】○河骨　池や沼に生える水草。夏になると茎を水上に出して黄色い花を開く。

【備考】講談社版『大歳時記』の「河骨」の説明に、素堂のこの句はコウホネの特徴をよくとらえていると記されている。

一〇六　暑き日も樅《もみ》の木間《このま》の夕日かな　（同）

【句意】暑い日もモミの木の間から見える夕日は涼しそうだ。夏「暑き日」。

【語釈】○樅　マツ科の常緑高木。高さは三〇～五〇メートルになる。この若木はクリスマスツリーに用いられる。

一〇七　去年《こぞ》の蔓《つる》に朝顔かかるかきね哉《かな》　（『いつを昔』元禄３）

【句意】去年のつるにアサガオが這《は》いかかっているよ、垣根では。去年のアサガオのつるが残っているところに、今年もまたアサガオが新しいつるをのばしているのである。出典の其角《きかく》編『いつを昔』によれば、この句は十如是《じゅうにょぜ》にかなう句として其角が選んだ十句の中の一句である。十如是は『法華経』「方便品《ほうべんぼん》」に記された十種の如是。この句はこのうちの「報」に該当する句として挙げられているが、素堂自身がこの句を仏教的な寓意を含んだ句として作ったかどうかわからない。秋「朝顔」。

一〇八　我蔓《わがつる》をおのが千引《ちびき》の西瓜《すいか》かな　（『後の塵』元禄３）

【句意】自分のつるで、自分の千引きの岩のような体を引きずっているよ、スイカは。スイカを巨大な千引きの岩に見立て、スイカのつるをそれを引く綱に見立てた句。秋「西瓜」。

【語釈】○千引　千人で引くこと。千人もの大勢で力を合わせなければ動かない岩を「千引きの岩」という。

竹日《ちくじつ》の画

一〇九　竹青く日赤し雪に墨のくま　（『雑談集』元禄４）

【句意】タケが青く夕日が赤い、雪に墨で陰影を付けたように夕闇が広がる。前書きによれば絵の賛として作られた句のようである。タケに日が差し込んでいる雪の夕暮れの絵なのであろう。冬「雪」。
【語釈】○竹日　タケに夕日が差しているということであろう。辞書には見えない言葉である。「竹酔日《ちくすいにち》」という言葉があるがこれは夏の季語でありこの句に合わない。○くま　隈取りのこと。絵に陰影を描くこと。

金馬《きんば》のとし仲の冬中《なか》の七日、三四友をかたらひ《い》てこころざしを申侍《もうしはべ》る。

一一〇　人やしる冬至の前のとし忘れ　（『俳諧勧進牒』元禄4）

【句意】人々は知っているだろうか、冬至の前の年忘れの楽しさを。前書きにあるように庚午《かのえうま》の年にあたる元禄三年（一六九〇）十一月十七日に忘年会を行って、それぞれの思いを語り合ったのである。冬「冬至」。
【語釈】○金馬のとし　庚午（「こうご」とも）の年。この句の場合は元禄三年（一六九〇）。「庚午」の当て字として「金馬」という表記を用いたのだが、一般的な表記ではない。「金馬」はカノエウマと読むこともできる。○仲の冬　仲冬。十一月。○中の七日　十七日。○冬至　一年を二十四等分した二十四節気の一つ。昼間が最も短い。十一月の「中《ちゅう》」に当たる。二十四節気では各月の前半を「節」後半を「中」という。○とし忘れ　現在の忘年会。十二月の終わりごろに行う。

一一一　氷閉《とじ》てをしむ《お》や蓮《はす》の茎をさへ《え》　（同）

【句意】氷が張りつめて見えなくなるのが惜しまれることだ、氷の下のハスの茎までが。自分の家の庭のハス池の光景である。素堂は特にハスが好きだった。四二の句参照。冬「氷」。

一一二　曽良《そら》餞別《せんべつ》
汐干《しおひ》つづけ今日品川をこゆる人　（『俳諧勧進牒』元禄４）

【句意】潮干がつづいてくれ、今日品川を通ってゆく人がいるから。潮が満ちると途中の川が増水して渡れなくなる可能性があるので、潮干のままであってほしいというのである。前書きにあるように曽良に対する餞別の句である。春「汐干」。

【語釈】〇曽良　芭蕉の門人。芭蕉の「おくのほそ道」の旅に同行した人物として有名。元禄四年（一六九一）三月初旬、曽良は深川を出発して京都に向かっている。この句はこのとき彼に贈ったものである。〇汐干　潮干。〇品川　東海道を経由して京都方面に行く場合、最初の宿場が品川。次の宿場の川崎との間に六郷《ろくごう》川（現在の多摩川）があり、当時は橋が無く渡し舟を利用した。

一一三　わすれ草もしわすれなばゆりの花　（同）

【句意】ワスレグサがどの花か忘れたらユリの花で代用しよう。夏「ゆりの花」。

【語釈】〇わすれ草　ヤブカンゾウの花の異名。この草を身につけているとつらいことを忘れられるという言い伝えがあった。夏にユリに似た花が咲くという。江戸時代初期の歳時記『増山井《ぞうやまのい》』では「忘れ草の花」を夏の季語とするが、この句では「わすれ草」は季語として使われていない。

一一四　西瓜《すいか》独《ひとり》野分《のわき》をしらぬ朝《あした》かな　（同）

【句意】スイカだけが野分が通り過ぎたことを知らないように、翌朝もいつもどおりどっしりと座っているよ。台風で何もかも吹き飛ばされた中でスイカだけは何の異常もなかったのである。秋「西瓜・野分」。

【語釈】○野分　台風を含む秋の強風。ここは台風であろう。○朝　翌朝。

一一五　朏《みかづき》にかならず近き星ひとつ　（『元禄百人一句』元禄４）

【句意】三日月には必ず近くに星が一つ輝いている。秋「朏」。

【語釈】○朏　三日月。珍しい文字だが『大漢和辞典』によれば蘇東坡《そとうば》の漢詩などに用例がある。○星　この句では宵の明星と呼ばれる金星を指すか。

一一六　いづ《ず》れゆかん蓮の実持《もち》て広沢へ
すみ所を宮古《みやこ》にと聞《きこ》えければ、我《わが》あらましも嵯峨《さが》のあたりに侍《はべ》れど、かの池に蓮《はす》のなき事をうらみ申す。
（『餞別五百韻』元禄４）

【句意】いつかは行こう、ハスの実を持って広沢へ。ハスがない広沢の池にハスの実をまいてハスを育てようというのである。素堂はハスが好きだった。小野川立吟《りゅうぎん》が京都に移住するさいに贈った餞別《せんべつ》の句である。立吟は俳諧を趣味とした人で、盲目の人に与えられる検校《けんぎょう》という位にあった。元禄四年（一六九一）九月に江戸から京都に移住した。
秋「蓮の実」。

【語釈】○すみ所　住まい。ここは立吟の住まい。○宮古　都。京都。○あらまし　将来の予定。素堂はいずれは京都に住みたいという希望をもっていたのであろう。○嵯峨　京都の地名。閑静な別荘地として知られる。○広沢　京都の嵯峨にあった広沢の池。月の名所として知られた。前書きの「かの池」はこの広沢の池を指す。

【備考】素堂自選『とくとくの句合』において、この句は「蓮の実よとても飛《とぶ》なら広沢へ」と作りかえられている。

　送芭蕉翁《ばしょうおうをおくる》
　西上人《さいしょうにん》の其《その》きさらぎは法《のり》けづきたれば我願《わがねがい》にあらず。ねがは《わ》くば花の陰より松の陰、春はいつの春にても、我《われ》とともなは《わ》む《ん》時。

一一七　松島の松陰にふたり春死《しな》む《ん》
（『己が光』元禄5）

【句意】松島のマツの木陰で二人一緒に春に死にたい。前書きによれば、『おくのほそ道』の旅に出発する芭蕉に贈った餞別《せんべつ》の句である。死ぬなら春、それも芭蕉と一緒にいるときに死にたいというのである。芭蕉が『おくのほそ道』の旅に出発したのは元禄二年（一六八九）三月下旬。春「春」。

【語釈】○西上人　西行。平安時代末〜鎌倉時代初頭の歌人。芭蕉がもっとも尊敬した人物。○其きさらぎ　西行の和歌「願《ねが》はくは花のもとにて春死なむ《ん》そのきさらぎの望月《もちづき》のころ」を指す。西行はこの和歌で、釈迦が亡くなった二月十五日ごろに死にたいと願っているが、そのとおり文治六年（一一九〇）の二月の望月（十五日）に没したといわれている。実際には十六日に没したのだが、江戸時代には和歌に詠まれた「望月」に合わせて十五日説が流布した。○法けづき　仏教的な色合いがあること。素堂は儒教の信奉者であったから、西行の和歌に顕著に表れている仏教的な色合いをきらったのである。○松島　仙台の松島。芭蕉の『おくのほそ道』の旅の大きな目的の一つは松島を見物することであった。芭蕉はそのことを素堂に話していたのであろう。

一一八　一葉《ひとは》浮《うき》て母につげぬるはちす哉《かな》　（『誹林一字幽蘭集』元禄5）

【句意】葉が一つ水面に浮かんだ、それを見て母に知らせた、まもなくハスの花が咲くだろうと。当時素堂は母と二人暮らしだった。素堂自選『とくとくの句合』によれば、この句は黄山谷《こうさんこく》の「贛上《かんじよう》に蓮《はす》を食して感有り」という漢詩の「蓮の実の大《おおい》さ指の如し、甘《かん》を分かち母の慈《いつく》しみを念《おも》う」という文句を踏まえて作られた。ただし黄山谷の漢詩の「実」を素堂は「花」に変えた。夏「はちす」。

【語釈】○はちす　ハスの古名。

一一九　魚避《うおさけ》て鼬《いたち》いさむる荷葉《かよう》かな　（同）

【句意】魚を遠ざけてイタチを制止しているよ、ハスの葉が。池の魚をねらうイタチを妨げるように、ハスの葉が広がっているのである。夏「荷葉」。

【語釈】○鼬　イタチ科の哺乳類。ネズミ・ヘビ・ニワトリなどを襲って食べる。また敵に襲われると肛門《こうもん》から強烈な匂いを発することで知られている。○荷葉　ハスの葉。

　　　　歳昏《としのくれ》

一二〇　腹中の反古《ほうご》見はけん年のくれ　　　　（『深川』元禄6）

【句意】腹の中の反古《ほご》を整理しよう、年末に。年末の大掃除のときにはいろいろな物を整理して不要の物は捨てる。そのついでに腹の中にたまっている不要になった作品の草案などを捨てようというのである。冬「年のくれ」。

【語釈】○歳昏　年のくれ。年末。○腹中の反古　中国の逸話集『世説《せせつ》新語補』「排調《はいちょう》下《げ》」に見える「腹中の書をさらす」という故事による言葉。ある人が自分の腹を日にさらしているので、何をしているのかと尋ねたところ、その人が自分の腹の中の書物の虫干しをしているのだと答えたという故事。○反古「ほご」とも。文章や書画などを書いた紙で不用になったもの。ここは発表しても意味の無い自分の作品を卑下した言葉。

一二一　髭宗祇《ひげそうぎ》池に蓮《はす》ある心かな　　　　（『炭俵』元禄7）

【句意】髭のある宗祇は池にハスがあるのと同様、いかにもふさわしい。髭があるからこそ宗祇の独特の風格が生まれたのであり、ハスがあるからこそ池に美しい風情が生じるというのである。素堂はハスを愛していた。四二の句参照。『万葉集』の「勝間田《かつまた》の池は我《われ》知る蓮《はちす》なししかいふ《う》君が髭なきがごとし」のもじり。夏「蓮」。

【語釈】○宗祇　室町時代の著名な連歌師。りっぱな髭をはやしており、その髭に香《こう》をたきしめていたという。

一二二　三日月の隠にてすずむ哀《あわれ》かな　（同）

【句意】三日月のもと隠者同士が夕涼みをしているのもしみじみとした風情があって楽しい。夏「すずむ」。

【語釈】○三日月　文字通り毎月三日目の月で月が見えるのはこの日からである。三日月は日没後に出て一時間ほどで沈む。○隠　隠者。一〇一の句参照。○哀　しみじみした風情。

【備考】素堂作『芭蕉庵三日月日記』の最後に「隠にしてすずむも哀三かの月」という句が添えられている。一二二の句はこれを推敲したのであろう。『芭蕉庵三日月日記』の文中に「隠の実《まこと》」という言葉が使われているが、この「隠」も隠者の意味である。

一二三　鳰《にお》の巣や帰る目路《めじ》成芦《なるあし》のひま　（『芦分船』元禄7）

【句意】カイツブリの巣があり、その巣に帰る通路になっているよ、アシの透き間が。一面に茂るアシの間に見通しのよい通路ができているのである。夏「鳰の巣」。

【語釈】○鳰　カイツブリ。アシなどが茂っている水面に巣を作る。これを「鳰の浮巣《うきす》」という。○目路　見通しがきく範囲。○芦　イネ科の多年草。水辺に群生する。茂ると見通しがきかなくなる。

深草のおきな宗祇居士《そうぎこじ》を讃《さん》していはずや、「友風月家旅泊《ふうげつをともとしりよはくをいえとす》」と。
芭蕉翁のおもむきに似たり。
（『枯尾花』元禄7）

一二四　旅の旅つゐ《い》に宗祇の時雨哉《しぐれかな》

【句意】旅に旅を重ね、とうとう宗祇の句の時雨のようにはかなく消えた。元禄七年（一六九四）の十月、時雨の季節に旅の途中で亡くなった芭蕉を追悼した句。冬「時雨」。

【語釈】○深草のおきな　深草の元政《げんせい》。芭蕉の一世代前の漢詩人であり歌人。京都の深草に隠棲し深草の元政と呼ばれた。○宗祇居士　室町時代の著名な連歌師。「居士」は出家しないで仏道に帰依した人に対する敬称。元政の著書『扶桑隠逸伝《ふそういんいつでん》』に取り上げられている。○讃　人の美徳や事物の美しさを誉めたたえる言葉や文章。「賛」とも。○友風月『扶桑隠逸伝』の宗祇の賛に「宗祇、旅泊《りよはく》を家となし、風月を生涯となす」と記されている。自然の美を求めて旅に生きた生き方をたたえた文句。○おもむき　物事の様子。ここは「生き方」というほどの意味。○宗祇の時雨『新撰菟玖波《しんせんつくば》集』の宗祇の句「世にふるもさらにしぐれのやどりかな」を指す。この句を踏まえて芭蕉は「世にふるもさらに宗祇のやどりかな」という句を作っている。

一二五　さか折《おり》のにゐ《い》はりの菊とうたはば《わ》や
（『笈日記』元禄8）

【句意】酒折宮《さかおりのみや》のキク、新治《にいはり》のキク、とうたいたいものだ。出典によると、素堂の家で行われた句会で「十日の菊」

という題で詠まれた句である。キクは九月九日の重陽の節句で賞美されるが、九月十日は一日遅れである。時期遅れでも美しいものは美しいというのであろう。秋「菊」。

【語釈】〇さか折　酒折宮。現在の甲府市酒折町にある旧跡。日本武尊《やまとたけるのみこと》が東征の途中に立ち寄ったという伝承がある。〇にゐはり　新治。常陸国《ひたちのくに》（現在の茨城県）西部の古代の郡名。日本武尊は東征のさいにここを通った。〇うたはばや　うたいたい。「ばや」は願望の終助詞。

【備考】『古事記』に、酒折宮で日本武尊が「新治筑波を過ぎて幾夜か寝つる」とうたったあとに、「御火焼《みひたき》の老人《おきな》」がこれに続けて「夜《よ》には九夜《ここのよ》日には十日を」とうたったと記されている。この歌の「十日」を利用して素堂は「十日の菊」の句を作ったのである。

一二六　はなれじと昨日の菊を枕かな　（同）

恋になぐさむ老《おい》のはかなさ
むかしせし思ひ《い》を小夜《さよ》の枕にて
我此《われこの》心をつねにあはれ《わ》ぶ。今なを思《お》ひ《い》いづ《ず》るままに

【句意】はなれまいとして昨日ながめたキクの花を枕に入れて寝た。キクの花のにおいで昔の懐かしい思い出がよみがえったのである。それをとどめておこうとしてキクの花を枕に入れて寝たのである。前書きに引用したのは連歌の『新撰菟玖波《しんせんつくば》集』に収録されている前句《まえく》と付句《つけく》。付句の作者は宗長《そうちょう》。前句の作者は不明。ただし「小夜の寝覚めにて」を「小夜の枕にて」と誤った。秋「菊」。

【語釈】○小夜　夜。「小」は接頭語。○菊を枕　キクの花を干してそれを枕に入れた菊枕というものがあった。

家母《かぼ》七十　寄蕣賀《あさがおによするが》

一二七　あさがほ《お》の星と一度にめでたけれ　（『住吉物語』元禄8）

【句意】アサガオの星である牽牛星《けんぎゅうせい》のお祝いと、母の七十七歳の喜寿のお祝いを一度にするのはめでたいことだ。七夕の「七」の字に合わせて、元禄五年（一六九二）の七月七日に母の七十七歳の喜寿のお祝いをしたのである。前書きはアサガオを詠み込んで喜寿のお祝いの句を作ったというほどの意味。秋「あさがほ」。

【語釈】○家母　自分の母。○七十　この年齢を「古希（本来は古稀）」といい長寿の祝いをするのが当時の慣習。ただしこの時素堂の母は実際には七十七歳になっており、喜寿であった。出典の『住吉物語』の編者である祇空《ぎくう》が七十歳と間違えたのである。一三七・一五四の句参照。○蕣　アサガオのこと。アサガオを別名牽牛花《けんぎゅうか》という。牽牛は七夕の彦星《ひこぼし》のことである。牽牛星と織女星《しょくじょ》は一年に一度七月七日に天の川を渡って逢《あ》う。これが七夕である。

【備考】この句はこのあと一三七の句に作りかえられた。

一二八　頭巾《ずきん》着て世のうさ知らぬ翁哉《おきなかな》　（『翁草』元禄9）

【句意】いつも同じ頭巾をかぶり世の中のわずらわしさを知らぬ顔で過ごしている老人だった。亡くなった芭蕉を追悼した句である。この頭巾は素堂が贈ったものであろう。八二の句参照。冬「頭巾」。

【語釈】○うさ　漢字で書けば「憂さ」。つらく憂鬱《ゆううつ》なこと。○翁　老人。芭蕉の門人たちは敬意の気持ちをこめて芭蕉を「翁」と呼んだ。素堂は門人でなくまた彼の方が芭蕉より二歳年上だが、彼も芭蕉をしばしば芭蕉翁と記している。

一二九　魂《たま》やこし凩《こがらし》に咲《さく》梨の花　　（同）

【句意】魂が帰ってきたのであろうか、木枯らしの中で咲いた清らかなナシの花として。芭蕉追悼の句である。清楚なナシの花の美しさを芭蕉の魂に見立てたのである。冬「凩」。

【語釈】○凩　木枯らし。晩秋から初冬にかけて吹く強い風。俳諧では冬の季語。芭蕉が亡くなった十月は木枯らしのシーズン。○梨の花　春に咲く白い花。ここは時期はずれの初冬に咲く帰り花。

【備考】原本では上五《かみご》は「魂やどし」だが、出典の『翁草《おきなぐさ》』では「魂やこし」。原本の誤りとみて改めた。

一三〇　照日《てるひ》には蝸牛《かぎゅう》もきしる柳哉　　（同）

【句意】太陽が照り輝いている日はカタツムリも音を立てそうだ、ヤナギの木とふれあって。ゆっくりとヤナギの枝を動いてゆくカタツムリを詠んだ。ただし実際には音は出ないであろう。夏「蝸牛」。

【語釈】○照日　照り輝く太陽。○蝸牛　カタツムリ。江戸時代初期の歳時記類では五月の季語。○きしる　二つのものが摩擦して音が出ること。

一三一　其不二《そのふじ》や五月晦日《つごもり》二里の旅　（『翁草』元禄9）

【句意】今話題になったその富士山ですが、五月の末の今日二里の旅をしてきて美しい富士山の眺めを楽しみました。露沾《ろせん》邸から眺める眺望のすばらしさを詠むことで露沾に対する挨拶とした。夏「五月」。

【語釈】○不二　富士。富士山。○晦日　「みそか」とも。月末。小の月ならば二十九日、大の月ならば三十日。○二里　八キロメートル弱くらいの距離。素堂の住む深川から露沾の邸宅があった麻布六本木までの距離。正確な距離はわからないがこれはごくおおざっぱな概数であろう。

【備考】元禄五年（一六九二）か六年の五月晦日に、内藤露沾邸で行われた歌仙（三十六句で完了する連句）の発句である。連衆《れんじゅ》（連句のメンバー）は、素堂・露沾・芭蕉・沾荷《せんか》・沾圃《せんぽ》・虚谷《ここく》の六人。露沾は陸奥国岩城平《むつのくにいわきたいら》（現在の福島県いわき市）藩主内藤風虎《ふうこ》の次男。俳諧を趣味とし芭蕉とも親交があった。

一三二　日照年《ひでりどし》二百十日の風を待つ　（同）

【句意】日照りが続く年は、農民は二百十日の台風を待つ気持ちになっている。イネの成長期に日照りが続くと、作物に大きな被害を与える。台風も作物に大きな被害を与えるが、それでも早く二百十日の台風の時期になってほしいという気持ちになる、というのである。秋「二百十日」。

【語釈】○日照年　日照りが続く年。生育期に雨が降らないとイネが実らない。○二百十日　立春から数えて二百十日目にあたる日で台風が襲来する時期。イネの開花する時期と重なっており農民にとっては心配な時期。

一三三　漆《うるし》せぬ琴や作らぬ菊の友　（同）

【句意】ウルシで美しく飾らない琴は、手をかけないで育てたキクの友にふさわしい。この句は『続猿蓑《ぞくさるみの》』にも収録されており、こちらには長い前書きがある。その前書きによると、素堂は無弦の琴を手元に置き、自然のままのキクの花を愛した陶淵明《とうえんめい》の生き方にあこがれていたようである。秋「菊」。

【備考】『続猿蓑』の前書きによると、素堂は人見竹洞《ひとみちくどう》から上塗りのない琴を贈られこれを愛用した。竹洞は林羅山《らざん》の門人で幕府の儒者であり素堂と親しかった。

檜垣《ひがき》

一三四　白河や若きもかがむ初月夜《はつづきよ》　（同）

【句意】白河では水を汲む檜垣の嫗《おうな》にならって、若い人も老人のように腰をかがめて眺めるよ、初月夜を。秋「初月夜」。

【語釈】○檜垣　謡曲「檜垣」のヒロインで、「檜垣の女」あるいは「檜垣の嫗」とも呼ばれている。平安時代中期の伝説的な女流歌人。○白河　肥後国《ひごのくに》（現在の熊本県）を流れる川の名。この川で仏に供える閼伽《あか》の水を汲むのが檜垣の嫗の日課であった。○初月夜　月初めの肉眼で見えるようになったころの月。特に八月の初めの月をいうことが多い。毎月三日目の三日月から肉眼で月が見える。

【備考】出典の『翁草《おきなぐさ》』では、この句は謡曲の「関寺小町」「姨捨《おばすて》」「檜垣」を踏まえた句の一つとして収録する。この三曲はいずれも老女をヒロインにしており、「関寺小町」の句は古将監《こしょうげん》（宝生家の八世重友《しげとも》）、「姨捨」は芭蕉の句である。

一三五　人待《ひとまつ》や木葉《このは》かた寄る風の道　（『翁草』元禄9）

【句意】人を待ちかねて表《おもて》を見ると、木の葉が一方に吹き寄せられて風の通った道筋がはっきり見える。冬「木葉」。

一三六　古足袋《ふるたび》や身程《みほど》の宿《やど》の衣《きぬ》配り　（同）

【句意】古い足袋を差し上げます、自分の暮らしぶりにふさわしいおそまつな衣配りです。親しい人に古い足袋を譲ったのを「衣配り」と洒落《しゃれ》たのである。冬「衣配り」。

【語釈】○身程　身の程。自分の身分や能力などの程度。○宿　住まい。家。○衣配り　正月用の晴れ着を贈る年末の行事。正月用の着物を年末に縫って贈るのである。

むかし此日《このひ》家隆卿《かりゆうきよう》、「七そじななの」と詠じ給《たま》ふは、みづ《ず》からを祝ふ《う》なるべし。今我《わが》母のよはひ《わい》のあひ《い》にあふ《う》事をことぶきて、猶九《なおく》そじあまり九《ここの》つの重陽《ちようよう》をもかさねまほしくおもふ《う》事しかなり。

一三七　めでたさや星の一夜《ひとよ》も朝顔も　（『韻塞』元禄10）

【句意】めでたいことだ、牽牛と織女の二つの星が逢《あ》うこの夜も、夜明けを待つアサガオも。元禄五年（一六九二）七月七日に素堂宅で行われた彼の母の喜寿の会で作られた一二七の句を作りかえたのである。このほか芭蕉・嵐蘭《らんらん》・沾徳《せんとく》・曽良《そら》・杉風《さんぷう》・其角《きかく》の祝儀の句が『韻塞《いんふたぎ》』に収録されている。一三三の句参照。秋「星の一夜・朝顔」。

【語釈】○家隆　藤原家隆。正しくは「いえたか」だが一般には「かりゅう」と呼ばれている。鎌倉時代初期の歌人。○七そじななの　家隆の家集『壬二集《みに》』の「七十《ななそじ》や七とせ秋の七日まであふ《う》身もまれの星を見るかな」という和歌を指す。○よはひ　年齢。このとき素堂の母は七十七歳。○あひにあふ　「合う」を強めた言い方。ぴったりと合う。七十七歳の母の年齢と七夕の七月七日とが、数字が一致したことをいう。○九そじあまり九つ　九十九歳（白寿という）。○重陽　九月九日の重陽の節句。素堂の母が九十九歳まで長生きして重陽の節句を迎えることができれば、また数字が重なる。

【前書き大意】むかし七月七日に家隆が「七そじななの」という和歌を詠んだのはみずからの長寿を祝ったのであろう。今、私の母が七十七歳になって七月七日の七夕の節句を迎えたことを祝って、さらに九十九歳になって九月九日の重陽の節句を迎えてほしいと思っている。

一三八　青海《せいがい》や太鼓ゆるまる春の声　（『末若葉』元禄10）

【句意】青海波《せいがいは》を舞っているよ、太鼓の音がゆるんで春らしいのどかな音を出している。春「春の声」。

【語釈】○青海　舞楽の代表的な曲名である青海波のこと。　○ゆるまる　ゆるむ。

【備考】出典の其角《きかく》編『末若葉《うらわかば》』によると、この句は伊予国《いよのくに》（現在の愛媛県）松山藩士の粛山《しゆくざん》の要望で、舞楽《ぶがく》に用いる琴・笙《しよう》・太鼓の絵の画賛《がさん》（絵に添えた作品）として作られたものである。絵は絵師の狩野探雪《かのうたんせつ》、琴の句は芭蕉、笙の句は其角《きかく》である。この三幅対《さんぷくつい》の画賛が勝峰晋風《かつみねしんぷう》氏の『芭蕉翁遺芳』に収録されているが、この画賛では素堂句の中《なか》七《しち》は「太鼓ゆるみて」。ただしこの画賛が本物かどうか疑問。

芭蕉翁、庵《あん》に帰るをよろこびてよする詞《ことば》
むかし行脚の比《ころ》、「いつか花に茶の羽織見ん」と吟じて待付侍《まちつけはべ》りし其《その》羽織、身にしたひ《い》て五十三駅再往来、さらぬ野山をも分尽《わけつく》して、風に畳み日にさらせしままに、離妻《りろう》が明《めい》もいろをわかつよしなく、立田姫《たつたひめ》も染《そめ》なす事かたかるべし。是《これ》なを古郷《おこきよう》のにしきにもなりぬるかと、おかしくも哀れにも侍る。誰《たれ》かいふ《う》「素堂素ならず、眼《まなこ》くろし。茶の羽織とはよくぞ名付《なづけ》る」。そのことばにすがりてまた申す。

一三九　茶の羽織おもへ《え》ば主《ぬし》に秋もなし　（『柱暦』元禄10）

【句意】芭蕉はいつも茶の羽織を着ていたが、考えてみればこの羽織の持ち主の芭蕉には世間一般の人の秋の感覚は無かった。一年中同じ羽織を着ていた芭蕉には、四季の感覚はなかったというのである。前書きには芭蕉が旅から帰ってきたのを喜んでこの句を贈ったとあるが、実際には芭蕉の死後に彼をしのんで作った句か。秋「秋」。

【語釈】○茶の羽織　芭蕉がいつも着ていた羽織。長年着ていたので茶色く変色し、もとの色がわからなくなったのである。二四七の句参照。○五十三駅　東海道。東海道は江戸と京都を結ぶ日本の幹線道路で、この間五十三の宿場がある。素堂と芭蕉が親しくなった延宝年間（一六七三〜一六八一）以後芭蕉は東海道を二度往復している（ただし実際には二度目の帰りは中山道を経由している）。なお最後の三度目の旅のときは芭蕉は大阪で死没したため往復にはならなかった。○離婁が明　離婁のような超人的な視力。彼は中国古代の伝説上の人物で、百歩も離れたところから毛の先を見ることができたという。「離朱《りしゅ》」とも。○立田姫　秋をつかさどる神。「竜田姫」とも。○古郷のにしき　他国で成功した人物が立派な服装で身を飾って故郷に帰ること。「古郷」は「故郷」に同じ。ここは芭蕉の故郷である伊賀国《いがのくに》上野（現在の三重県伊賀市上野）。○素　素朴であること。深い考えがないこと。○眼くろし　確かな眼力をもっていること。物事の本質を見極める力をもっていること。

【前書き大意】芭蕉老人が深川の芭蕉庵に帰ったことを喜んで贈った言葉。

昔、芭蕉が旅をしていたころ、「いつか花に茶の羽織見ん」という句を詠んで帰りを待っていたが、芭蕉はその羽織を身につけて東海道を二度も往復し、さほど有名でもない野山をあちこちと分け入って、風にはたたみ日にさらしたので、離婁のような視力のよい人でも、もとの色を見分けることができなくなるほど羽織の色が変色し、木の葉を赤や黄色に染めるという秋の女神の立田姫も、もとの色に染め直すことがむずかしく思われる。こんな古びた羽織でも故郷の錦になるだろうかと、おかしくもまた気の毒にも思った。誰かが言った、「素堂は単純な人ではない、物事の本質を見分けることができる人だ。芭蕉の羽織をよくも茶の羽織と名付けたものだ」と。この言葉をたよりとして次のような句を作った。

【備考】この句の前書きの一部が一九三の句の前書きに利用されている。

甲斐《かい》の府にて申侍《もうし》る

一四〇　晴《はる》る夜の江戸より近し霧の不二《ふじ》　（『陸奥衛』元禄11）

【句意】晴れた夜の江戸で見るより近くに見える、霧のかかった富士山が。少し曇っていても甲府から眺めた夜の富士山は、江戸の晴れた夜よりも近くはっきりと見えるというのである。秋「霧」。

【語釈】○甲斐の府　甲斐国《かいのくに》の中心（現在の山梨県甲府市）。甲府。甲斐国は素堂の故郷。

亡友芭蕉居士、近来山家集《さんかしゅう》の風体《ふうてい》をしたはれ《わ》ければ、追悼に此《この》集を読誦《どくじゅ》するものならし。

一四一　あはれ《わ》さやしぐるる比《ころ》の山家集　（同）

【句意】しんみりとした気持ちになる、時雨《しぐれ》が降るころに『山家集』を読んでいると。前書きにあるとおり芭蕉に対する追悼句である。芭蕉が愛読していた『山家集』を読んでいると、芭蕉のことが思い出されてしんみりした気分になるのである。冬「しぐるる」。

【語釈】○亡友　亡くなった友だち。○芭蕉居士　芭蕉。「居士」は出家しないで仏門に帰依した男性に対する敬称。芭蕉は元禄七年（一六九四）十月十二日没、五十一歳。○山家集　西行の歌集。西行は芭蕉がもっとも尊敬した人物。○読誦　声を出してお経を読むこと。この句ではお経のかわりに『山家集』を読むのである。○しぐるる　時雨が降る。「時雨」は晩秋から初冬にかけて降る雨。木の葉を紅葉させる雨として詠まれることが多い。俳諧では冬の季語。

六月の晦日《つごもり》加茂川《かもがわ》にて

一四二　御手洗《みたらし》や半《なか》ば流るる年わすれ　　（『寄生』元禄11）

【句意】御手洗詣でが行われている、年が流れて早くも半年が過ぎた、あと半年で年忘れの時期を迎える。六月末日で一年の半分が経過したことになる。夏「御手洗」。

【語釈】○六月　夏の最後の月。一年でもっとも暑い月。○晦日　「みそか」とも。月の最後の日。大の月であれば三十日、小の月であれば二十九日。当時は月の大小は一定していない。○加茂川　「賀茂川」とも。鴨川のこと。かつては上流を賀茂川といい下流を鴨川といったが、現在は全体を鴨川と称する。○御手洗　「御手洗詣で」のこと。京都の賀茂御祖《みおや》神社（下鴨神社）の東を流れる御手洗川で、六月の土用（立秋までの十八日間）に行われるみそぎの行事。御手洗川は賀茂御祖神社のところで鴨川に合流するので、素堂は御手洗川を鴨川の一部とみなしたのであろう。○年わすれ　年末の忘年会。

一四三　橋立《はしだて》や景過《けいすぎ》もせず霧のひま　　（同）

【句意】橋立の景色は絶景というほどではないがほどよい美しさを保っている、霧の間から眺めると。秋「霧」。

【語釈】○橋立　天《あま》の橋立。京都府宮津市の著名な観光地。日本を代表する景勝地の一つとして知られる。日本三景の一つ。○景過もせず　ずば抜けた絶景ではない。

ばせを墓《しょう》にまうで《も》て手向草《てむけぐさ》二葉《によう》

一四四　秋むかし菊水仙とちぎりしが　（『続有磯海』元禄11）

【句意】今では昔の秋になってしまった、キクを見に行こう、スイセンを見に行こうと約束をしたことが。前書きにあるとおり芭蕉に対する追悼句である。芭蕉の墓は滋賀県大津市膳所《ぜぜ》の義仲寺《ぎちゅうじ》にある。秋「秋」。

【語釈】○ばせを　俳人の芭蕉。「芭蕉」を仮名書きにする場合「ばせを」（「は」に濁点を打たないこともある）と書くのが当時の慣用。なお芭蕉自身は自分の号を仮名書きにする場合は「はせを」と書き、「は」に濁点を打たない。○手向草　死者に手向ける物。この句では追悼の句。○二葉　二枚。短冊《たんざく》二枚であろう。

【備考】この句と次の一四五の句は出典の『続有磯海《ぞくありそうみ》』には並べて収録されている。素堂は二枚の短冊にそれぞれの句を書いて芭蕉の墓に埋めたのであろう。当時は土葬にすることが多かったから芭蕉の場合も土葬であった可能性が高い。

一四五　苔《こけ》の底涙の露やとどくべし　（同）

【句意】あなたの墓の苔の底まで私のしたたる涙が届くだろう。芭蕉を追悼する句。秋「露」。

【語釈】○涙の露　涙のこと。「涙の露」ということで季語を入れた。

一四六　露ながく釜に落来《おち》る筧《かけひ》かな

（『皮籠摺』元禄12）

【句意】露がいつまでも釜に落ちてくるよ、筧から。水の流れが途切れた筧から、いつまでもぽたぽたと水滴が茶釜に落ちている情景である。素堂は茶人でもあったからこれは自宅の光景であろう。秋「露」。

【語釈】○露　水滴であろう。○釜　茶釜。○筧　二つに割ってふしなど筒の中身を除去したタケで水を引くしかけ。茶室では露地《ろじ》の手水鉢《ちょうずばち》に清水を落とす施設として使われる。「かけい」という人も多い。

はりまのくにに旅立《だた》れけるひとをおしみて

一四七　立《たた》されよ今は都に帰る雁《かり》

（『蓑笠』元禄12）

【句意】出発なさってください、今は都では帰るカリが見られるでしょう。春「帰る雁」。

【語釈】○はりまのくに　播磨国。現在の兵庫県。○立されよ　出発なさってください。「立たす（出発なさる）」の命令形「立たされ」に終助詞「よ」が付いた形。

ことしかみな月中《づき》の二日、芭蕉の翁《おきな》七回忌とて、翁の住捨《すみすて》ける庵《いおり》にむつまじきかぎりしたひ入《いいり》て、「堂あれども人は昔にあらず」といへ《え》るふるごとの、先《まず》思ひ出《いで》られて涙下《くだ》りぬ。空蟬《うつせみ》のもぬけしあとの宿ながらも、猶《なお》人がらのなつかしくて、人々句をつらね、筆を染て、志をあらは《わ》されけり。予も又、ふるき世の友とて、七唱をそなへ《え》さりぬ。

其一

一四八　くだら野や無なるところを手向草《たむけぐさ》　（『冬かつら』元禄14）

【句意】百済野《くだらの》のように無くなってしまうところだったが、追悼の句を手向けたことで後々まで残るだろう。冬「句意による」。

【語釈】○ことし　元禄十三年（一七〇〇）。この年は芭蕉の七回忌にあたる。○かみな月　神無月。十月。○中の二日　十二日。芭蕉は元禄七年十月十二日に没した。○翁　芭蕉。一二八の句参照。○堂あれども　出典未詳。江戸時代初期の俳書『毛吹草《けふきぐさ》』のことわざの部に「ほとけもなきだう《ど》（堂）へまいる」とある。このバリエーションか。○ふるごと　古くから言い伝えられている言葉。古典の文句やことわざなど。○空蟬のもぬけしあと　『源氏物語』「空蟬の巻」を踏まえた言葉。この巻には、光源氏が忍び寄る気配を察した空蟬がいち早く寝所を抜け出したことが記されている。○七唱　ここは七句の発句。一四八の「其一」から一五四の「其七」までの七句。「唱」とあるから、それぞれの句を声を出して読み上げたのであろう。○くだら野　『歌枕《うたまくら》名寄《なよせ》』では大和国《やまとのくに》（現在の奈良県）の歌枕とするが正確な場所は不明。和歌に詠まれたことで地名が残ったのである。○手向草　死者の霊に手向けるもの。

【前書き大意】今年十月十二日、芭蕉老人の七回忌だということで、芭蕉がかつて住んでいた庵に、親しい人が残らず芭蕉を慕って集まったが、「堂あれども人は昔にあらず」という昔の人の言葉がまず思い出されて涙が流れた。セミの抜け殻のような、がらんとした住まいだが、芭蕉の人柄が懐かしく、人々がそれぞれに句を作り、短冊に記して銘々の気持ちを表した。私もまた、昔からの友人として七句の発句を仏前に供えた。

其二　像にむかひ《い》て

一四九　紙ぎぬの侘《わび》しをままの仏かな　（同）

【句意】紙子《かみこ》を着たわびしい姿そのままの仏だ。生前に描かれた芭蕉の肖像画を見て詠んだ句である。冬「紙ぎぬ」。

【語釈】○像　亡くなった芭蕉の画像であろう。芭蕉の画像については門人の杉風《さんぷう》や破笠《はりつ》の描いたものが有名だが、出典の『冬かつら』は杉風の編集だからこの画像は杉風によって描かれたものであろう。○紙ぎぬ　紙製の着物。「紙子」とも。冬はあたたかく安価であったから貧しい人たちに愛好された。芭蕉も寒い時期はほとんど紙子で過ごしていたのであろう。○仏　亡くなった人。この句では芭蕉を指す。

其三

一五〇　像に声あれくち葉の中に帰り花　（同）

【句意】画像に声があってほしい、朽ち葉の中に帰り花がまじっているかもしれません。自分たちの句を批評してほしいと芭蕉の画像に呼びかけたのである。自分たちの句は朽ち葉のようなものばかりだが、中には帰り花のような稀《け》有《う》な名句もまじっているかもしれないというのである。冬「帰り花」。

【語釈】○帰り花　盛りの時期を外れた初冬に咲く花。サクラ・ヤマブキ・ツツジなどにこの現象が見られる。

其四

翁《おきな》の生涯、風月をともなひ《い》旅泊を家とせし宗祇《そうぎ》法師にさも似たりとて、身まかりしころも「さらぬ時雨《しぐれ》のやどり哉《かな》」とふるめきて悼《いたみもうしはべ》申侍りしが、今猶《なお》いひ《い》やまず。

一五一　時雨の身いはば《わ》髭《ひげ》なき宗祇かな　（『冬かつら』元禄14）

【句意】時雨のようなはかない人生を送った芭蕉は、いわば髭のない宗祇であった。芭蕉は宗祇と同じような人生を送ったが、ただ芭蕉には宗祇のような立派な髭がなかったというのである。冬「時雨」。

【語釈】○翁　芭蕉。一二八の句参照。○風月をともない　人生の多くを旅に暮らし自然とともに生きたこと。元政《げんせい》著『扶桑隠逸伝《ふそういんいつでん》』の宗祇の賛「旅泊《りょはく》を家となし、風月を生涯となす」を踏まえた文句。○宗祇　室町時代の著名な連歌師。見事な髭をはやしていたことで有名。○身まかりし　亡くなった。○さらぬ時雨　素堂の芭蕉に対する追悼句「旅の旅つゐ《い》に宗祇の時雨哉」（一二四の句）を指す。文句が違っているのは素堂の記憶違い。○時雨　晩秋から初冬にかけて降る雨。人生のはかなさを象徴する言葉として用いられることが多い。俳諧では冬の季語。宗祇の句と、それを踏まえた芭蕉の句は一二四の句を参照。

【前書き大意】芭蕉の生涯は自然とともに生き、旅の宿りを家とした宗祇法師の生き方によく似ているので、芭蕉が亡くなったころも「さらぬ時雨のやどりかな」と、古めかしいたとえで彼の追悼句を作ったが、今もなおその悲しみは言い尽くせない。

其五

一五二　菊遅し此《この》供養にと梅はやき　（同）

【句意】芭蕉の命日はキクの時期に遅れているが、芭蕉の供養にとウメは早くも咲いている。冬至《とうじ》ウメといって冬至のころに咲くウメもあるようだが、芭蕉の命日は初冬の十月十二日だからウメが咲いたとは考えられない。作り事か。冬「梅はやき」。

其六

形見に残せる葛《くず》の葉の絵、墨いまだかはかぬがごとし。

一五三　生《いき》てあるおもて見せけり葛のしも　（同）

【句意】生きていた当時の面影を見せているよ、クズの霜が。芭蕉が描いたクズの絵を見ると、生きていた当時の彼の面影が浮かんでくるというのである。芭蕉の「葛の葉のおもてみせけりけさのしも」という自画賛を見て詠んだ追悼句。「おもて」にクズの葉の表と、顔の意味の面をかける。冬「しも」。

【語釈】○葛　各地の山野に生えているつる草で秋の七草の一つ。和歌では「葛の葉の裏」を詠み込むのが常套的な手法。右に挙げた芭蕉の句は「葛の葉の表」を詠んだところに新しい工夫がある。

【備考】芭蕉の門人の杉風《さんぷう》が所蔵していた俳人の肉筆資料を鯉屋《こいや》伝来品（現在は天理図書館の所蔵。「鯉屋」は杉風の屋号）というが、この中に芭蕉の「葛の葉のおもてみせけりけさのしも」という句を記した自画賛がある。前書きの「形見に残せる葛の葉の絵」はこの自画賛であろう。

其七

予が母君七《なな》そぢ《じ》あまり七とせに成給《なりたまう》ふころ、文月七日《ふみづきなのか》の夕《ゆうべ》、翁《おきな》をはじめ七人を催し、万葉集の秋の七草を一草づ《ず》つ詠じけるに、翁も母君もほどなく泉下の人となり給へ《え》ば、ことし彼《かの》七つをかぞへ《え》てながく事になりぬ。

一五四　七草よ根さへ《え》かれめや冬ごもり

といふ《う》ものはたそや、武陽城外葛村《かつそん》之《の》隠素堂子也《なり》。

（『冬かつら』元禄14）

【句意】七草は根まで枯れることがあるだろうか、花がなくなったのは一時的に冬ごもりをしているだけだ。母も芭蕉もいつまでも自分の心の中に存在しているというのである。『古今集』の在原業平《ありわらのなりひら》の和歌「植ゑ《え》し植ゑ《え》ば秋なき時や咲かざらむ《ん》花こそ散らめ根さへ《え》枯れめや」を踏まえた句。冬「冬ごもり」。

【語釈】〇文月七日　七月七日。七夕の日。〇秋の七草　『万葉集』の山上憶良《やまのうえのおくら》の和歌「萩《はぎ》が花尾花《おばな》くず花なでしこの花を《お》みなへ《え》しまた藤袴《ふじばかま》朝顔の花」に詠みこまれた七種の花。一二三三の句参照。〇泉下　死後に人の行くところ。黄泉《こうせん》のもと。〇冬ごもり　できるだけ冬に外出をひかえて家で過ごすこと。当時の慣習。〇武陽城外葛村　江戸城外の葛村。素堂が暮らしていたところを示す。しかし、「葛村」は「葛飾村《かつしか》」あるいは「葛西村《かさい》」の略称であろうが、いずれの村も当時実在しない。「武陽城外葛村」は架空の地名といってよい。この村名が素堂によって書かれたかどうか疑問。素堂が住んでいたところについては巻末の「あとがきにかえて―素堂の住まい」を参照されたい。〇隠者。世捨て人。

一五五　芭蕉庵の三廻忌《さんかいき》
嘆《なげけ》とて瓢《ふくべ》ぞ残る垣の霜　（『はだか麦』元禄14）

【句意】嘆き悲しめというようにヒョウタンが残されている、垣根には霜が降りている。芭蕉庵に残されているヒョウタンを見ると、悲しみがこみ上げてくるのである。『千載集《せんざい》』の西行の和歌「嘆けとて月やは物を思はす《わ》るかこち顔なる我が涙かな」を踏まえた句であろう。前書きにあるとおり芭蕉三回忌の追悼句である。冬「霜」。

【語釈】〇三廻忌　三回忌。芭蕉の三回忌は元禄九年（一六九六）。〇瓢　ヒョウタン。ヒサゴとも。振り仮名は原本に従った。芭蕉庵には「四山《しざん》の瓢《ひさご》」と名付けられた大きなヒョウタンがあり、芭蕉はこれを米びつとして愛用していた。

一五六　芭蕉の塚に詣して
志賀の花湖の水それながら　（『そこの花』元禄14）

【句意】志賀のサクラと琵琶湖の水をそのまま手向けます。芭蕉の墓がある義仲寺《ぎちゅうじ》はサクラの名所の志賀と琵琶湖の絶景に接している。そのサクラと絶景をそのままあなたの霊前に供えます、というのである。芭蕉に対する追悼句だが豪快な追悼句である。春「花」。

【語釈】○志賀　現在の滋賀県大津市の一帯。和歌で「滋賀の花園」と詠まれたサクラの名所。○湖　琵琶湖。

【備考】素堂は元禄十三年（一七〇〇）の春に上京している。このときに義仲寺を訪れたのであろう。

京にて　二句

一五七　花に行行《ゆくゆか》ぬも京のゆかり哉《かな》　（『きれぎれ』元禄14）

【句意】京のサクラを見に行く人はもちろん、見に行かずに京のサクラを思いやる人も京にゆかりがある人だ。京都を訪れて詠んだ句である。春「花」。

一五八　花の比《ころ》ならざらし売《うる》家も有《あり》　（同）

【句意】サクラの時期に奈良ざらしを売る家もあるよ。サクラのころの京都で奈良ざらしを売る店を見かけて、珍しく思ったのである。前の句と同様京都で作られた。春「花」。
【語釈】○ならざらし　奈良ざらし。奈良地方で作られるアサ織物の高級品。汗をよく吸い、通気性もあるので夏の単衣《ひとえ》物の生地として好まれた。

一五九　夢なれや梅水仙とちぎりしに　（『追鳥狩』元禄14）

【句意】夢となってしまった、ウメを見に行こう、スイセンを見に行こうと約束したことが。芭蕉に対する追悼句である。一四四の句とまったく同想の句である。春「梅」。

【備考】「梅」は春の季語、「水仙」は冬の季語である。「寒梅」とあれば冬の季語だが単に「梅」とあれば春の季語である。ここでは「梅」を季語とする。

一六〇　大井川しづ《ず》めて落《お》つるつばき哉　（『杜撰集』元禄14）

【句意】大井川を鎮めるために落ちたよ、ツバキの花が。ツバキの花が大井川に落ちたのを、大井川が荒れないように水の神の気持ちを鎮める行為と見なしたのである。春「つばき」。

【語釈】○大井川　静岡県を流れる大河。江戸時代は東海道を旅をする人の最大の難所。当時は大井川には橋も渡し舟もなく、大井川を渡るには川越し人足に頼るしか方法がなかった。当時の歌謡にも「箱根八里は馬でも越すが、越すに越されぬ大井川」とうたわれている。○しづめて　鎮めて。荒ぶる神などの気持ちを落ち着かせる。

京にて

一六一　ふんぎつて都の秋を下りけり　（『続別座敷』元禄14）

【句意】未練を断ち切って都の秋を見捨てて江戸に帰った。京都のすばらしい秋の眺めを楽しむのをあきらめて、江戸に帰ったのである。秋「秋」。

【語釈】○ふんぎつて　思い切って。楠元六男編『芭蕉と素堂』の『とくとくの句合』注釈」によれば、当時流行した六方《ろっぽう》言葉だという。「六方言葉」とは無頼のやからが用いた特殊な言葉。○下り　京都から地方へ行くこと。ここは京都から江戸に帰ったことをいう。

【備考】素堂自選『とくとくの句合』では中七《なかしち》「都の秋を」が「都の花に」になっている。これだと春の句になる。素堂は元禄十三年（一七〇〇）に上京しているが（一五六の句参照）、春に江戸を出発し秋に戻ったのであろう。

　素堂にとはれ《わ》て
我《わが》ものや菊一反《いったん》に霧五石《ごこく》　曲翠《きょくすい》
かへ《え》し

一六二　ちからなく菊につづまるばせ《しょう》をかな　（『三河小町』元禄15）

【句意】衰えてキクに囲まれて身を小さくしているよ、バショウが。秋「菊・ばせを」。

【語釈】○一反　「反」は土地の面積の単位。一反は一・メートル四方くらいの狭い範囲。曲翠は自分の家の庭に小さいキク畑をもっていたのであろう。○五石　「石」は容積の単位で五石はかなりの量である。霧を石で計ることはできないが、キクを覆い隠している霧を五石ばかりといいなしたのである。○曲翠　芭蕉の門人。「曲水」とも。近江国《おうみのくに》

（現在の滋賀県）の膳所藩《ぜぜはん》の重臣。○かへし　返し。和歌でいえば返歌である。ここは曲翠の「我ものや」という句に応じて作ったという意味である。○ちからなく　元気や気力がなくなること。○つづまる　ちぢこまる。○ばせを　バショウ。芭蕉。古くから庭園や寺院の境内に植えられた。秋になると大きな葉が風に破られて哀れな姿になる。その風情が愛されて俳諧では秋の季語になっている。俳人芭蕉の号はこのバショウから取ったのである。

【備考】元禄十三年（一七〇〇）に上京したさいに素堂は曲翠の屋敷を訪れたのであろう。曲翠の句は、自分のものといえば一反のキク畑と五石の霧だけだ、というほどの意味。霧は曲翠の所有物ではないが、それを自分の所有物のようにいいなしたのは俳諧的なユーモアである。

尋五桐子《ごどうしをたずぬ》

一六三　花にむすび麦のほにとく舎《やど》りかな　（『誹諧行脚戻』元禄16）

【句意】サクラが咲くころにわらじの紐《ひも》を結んで旅に出て、ムギの穂が実り始めるころにわらじの紐をといてゆっくりとくつろぐことができました、あなたの家で。五桐のもてなしに感謝した句である。夏「麦のほ」。

【語釈】○五桐子　伊勢国《いせのくに》桑名（現在の三重県桑名市）の人。「子」は敬称。出典の『誹諧行脚戻《はいかいあんぎゃもどり》』は五桐の編集である。○むすび　結び。ここはわらじの紐を結ぶこと。旅に出るときは男女ともにわらじを着用する。○舎り　旅で宿泊する場所。また住まい。ここは五桐の住まい。

一六四　伊勢船《いせぶね》を招く新樹の透間《すきま》哉《かな》　（『知足斎日々記』元禄17の項）

【句意】伊勢船を招いているよ、新樹の透き間から。伊勢船が次々と鳴海《なるみ》（現在の名古屋市緑区鳴海）の方を目指して進んでくる情景を詠んだ。この句は鳴海の知足《ちそく》の家を訪れたときの句で、彼に対する挨拶の句である。知足は鳴海の名家の主人で芭蕉とも親交があった。夏「新樹」。

【語釈】○伊勢船　伊勢地方（現在の三重県あたり）で建造された船。大型で荷物を運ぶ船として用いられた。

【備考】出典の『知足斎日々記《さいひにっき》』は元禄十七年（一七〇四、三月十三日に宝永と改元）四月十三日までが知足の自筆であり、これ以後は彼の息子の蝶羽《ちょうう》が書き継いだ。森川昭氏の『下里知足の文事の研究』第一部に宝永元年十二月末日までの日記が全文翻刻《ほんこく》されている。

一六五　此《この》名残古郷《こきょう》も遠し時鳥《ほととぎす》　（『知足斎日々記』元禄17の項）

【句意】この名残はつきませんが、故郷も遠くホトトギスも私の帰郷をうながしています。「ホトトギス」には「不如帰」という表記を当てることがある。これは故郷に帰ることなく没した中国の望帝《ぼうてい》の伝説に基づいており、彼の望郷の思いを示した表記である。この句は表記は異なるが、この伝説を利用した。一六四の句の数日あとに詠まれた知足に対する留別《りゅうべつ》（別れのあいさつ）の句である。夏「時鳥」。

【語釈】○古郷　「故郷」の慣用的当て字。素堂の故郷は甲斐国《かいのくに》（現在の山梨県）だが当時は江戸に住んでいた。ここは江戸を指すのであろう。

一六六　牡丹持《ぼたんもち》もつがもつほど花の貧《ひん》　（『分外』宝永1）

【句意】ボタンを持っている人は、持てば持つほど花の貧者になっていく。珍しいボタンの株を手に入れればうれしいが、しかし手に入れれば入れるほどさらにほしくなるのが人情である。そのような収集家の習性を「貧」と表現した。元禄時代にボタンの栽培が流行し愛好家は争って新しいボタンの株を求めた。夏「牡丹」。

【語釈】○牡丹持　ボタンの株をたくさん持っている人。素堂の造語であろう。

吉備《きび》の中山の住、除風子《じょふうし》、ばせを翁《しょうおう》の風雅をしたひ《い》、さざなみやあは《わ》津の原は遠き堺なればとて、細谷川《ほそたにがわ》ちかきわたりに五十余里の地を縮て、あらたに塚を築《きずき》て、翁《おきな》の句を礎《いしずえ》となし、其里人《そのさとびと》千句のたくみを費《ついや》しつくりたてて、千句塚と申《もうし》はべるとかや。そのまま埋みはてなんも本意《ほい》なしと、あづ《ず》さにちりばめ、予をして一句をたむけよとすすめられしに、吟魂《ぎんこん》は死してほろびざることを申《もうし》を《お》くりぬ。

一六七　しぼみても命ながしや菊の底　（『千句塚』宝永1）

【句意】花はしぼんでも命はいつまでも続くだろう、キクで飾られた墓の底で。除風が芭蕉の墓を築き、素堂に手向けの句を依頼したのである。秋「菊」。

【語釈】○吉備の中山　現在の岡山市の吉備津《きびつ》神社の後方の山を指すようである。備中国《びっちゅうのくに》（現在の岡山県）の歌枕。吉備は古代に山陽道にあった国。○除風子　備中国倉敷《くらしき》（現在の岡山県倉敷市）の僧。俳人。「子」は敬称。○ばせを翁　芭蕉。芭蕉は尊敬の意味をこめて「芭蕉翁」あるいは単に「翁」と呼ばれた。「翁」という一字の場合はオキナと読む。○風雅　今日の文芸というほどの意味。ここは俳諧のこと。芭蕉自身晩年は俳諧を風雅といっていた。○さざなみや　枕詞。「あは津」の「あは」にかけたのであろう。○あは津の原　粟津が原。現在の滋賀県大津市。琵琶湖をのぞむ一帯の松原。芭蕉の墓がある義仲《ぎちゆう》寺《じ》はこの一帯に含まれる。○細谷川　吉備の中山の近くの川。備中国の歌枕。『古今集』に「真金《まがね》ふく吉備の中山帯にせる細谷川のおとのさやけさ」というよみ人知らずの和歌がある。○礎　建物の土台。ここは墓の象徴となる芭蕉の句。○千句　一定の形式に従って百韻《ひやくいん》（百句で完了する連句）を十組作ること。○あづさにちりばめ　印刷して出版すること。昔、中国ではアズサの木を版木《はんぎ》に使ったという伝承から、江戸時代に印刷用の版木を「あずさ」と呼ぶようになった。○吟魂　詩人の魂。ここは芭蕉の魂。

【前書き大意】吉備の中山に住む除風君は、芭蕉の俳諧を慕いながらも、義仲寺のある粟津の原は遠い所だというので、粟津の原から五十里も離れている細谷川のほとりに新たに墓を築き、芭蕉の句を墓の礎として埋めて、その村人たちと千句の興行を発起し苦労のすえに完成させて、これを千句塚と呼んでいるということだ。せっかく苦労して作った千句がそのまま埋もれてしまうのも残念だから出版しようということで、私に一句芭蕉追悼の句を手向けてほしいといわれたので、芭蕉の魂が本人が死んだあともほろびることがないようにと、このような句を作った。

一六八　ずつしりと南瓜《ぼうぶら》落て暮淋《さび》し　（『番橙集』宝永1）

【句意】ずっしりとカボチャが落ちているのを見ると秋の夕暮れの寂しさが強くなる。カボチャは地上で実が大きくなるから落ちるとは考えられない。収穫されて運ばれる途中に実が落ちたのであろうか。秋「南瓜」。

【語釈】○南瓜　カボチャ。改造社版の『俳諧歳時記』に「ぼうぶらは正しき名なり」とあり、そのあとに「京都には延宝年中（一六七三〜一六八一）に初めて種を植う、その前はこれ無し」と貝原益軒《かいばらえきけん》が記しているという。『本草綱目啓蒙《ほんぞうこうもくけいもう》』に「京師《けいし》（京都）にては誤りて、カボチャと呼ぶ」とある。現在はカボチャと呼ばれているが正しくはボウブラだったのであろう。○淋し「寂し」の慣用的あて字。

　　　　庭前
一六九　釣上《つりあげ》よ蓮《はす》のうき葉を藤のつる　　（『賀之満多知』宝永2）

【句意】つり上げよ、ハスの浮き葉を、フジのつるよ。池の方にのびているフジのつるに呼びかけたのである。軽い即興的な句。夏「蓮のうき葉」。

【語釈】○庭前　庭先。つまり庭。○蓮のうき葉　ハスの新しい葉が水面に浮かんでいるような状態になっていること。

　　去来丈追善の集編《へん》せらるるのよし伝へ聞侍《ききはべ》りて、風雅のゆかりなれば、此句《この》をあつめて牌前《はいぜん》に備ふ《う》。元察《げんさつ》子執達《ししったつ》し給《たま》へ。
一七〇　枯《かれ》にけり芭蕉を学ぶ葉広草《はびろぐさ》　　（『誰身の秋』宝永2）

【句意】枯れてしまった、バショウに似て葉の広いハビログサが。ハビログサがバショウのあとを追うように枯れたというのである。「芭蕉」に植物のバショウと俳人芭蕉をかけて、芭蕉に学んだ去来が彼のあとを追って亡くなったことを詠んだ。前書きによるとこのほかにも去来を追悼する句が数句あったようである。冬「枯にけり」。

【語釈】○去来丈　芭蕉の高弟。京都に住んだ。宝永元年（一九〇七）九月十日没。「丈」は敬称。○風雅のゆかり　俳諧の交わり。去来は芭蕉の弟子、素堂は芭蕉の親友であり、俳諧を通じて去来と交友関係にあった。○牌前　位牌の前。仏前。○元察子　向井元察。去来のいとこ。去来の追善集である出典の『誰身《たが》の秋』の編者。「子」は敬称。ただし元察は俳諧に無関係の人であったから、実際に編集したのは京都の俳人吾仲《ごちゅう》であったようである。○執達　上位の人の意向を下位の人に伝えること。ただしここでは、よろしくお願いします、というほどの意味。○芭蕉　植物のバショウに俳人芭蕉をかける。バショウは秋の季語だがこの句では「枯にけり」が季語になるのであろう。○葉広草　『日本国語大辞典』に「瓜（うり）をいう女房言葉」と記されているが、この説明はこの句に該当しない。ここはハビロガシワの意味であろう。ハビロガシワは葉の広いカシワの木で、仮名草子の『尤《もっとも》双紙《のそうし》』に広いものの例として「はびろがしわに芭蕉の葉」が挙げられているという。去来をハビロガシワに例えたのである。

【前書き大意】去来氏の追善集を編集するということを伝え聞いて、彼とは俳諧を通じて付き合いがあるので、これらの句をあつめて仏前に供えます。元察君、よろしく取りはからってください。

（『知足斎日々記』宝永2の項）

一七一　長雨の空吹出《ふきいだ》せ青嵐《あおあらし》

【句意】長雨を降らせている雲を吹き払って青空を出してくれ、青嵐よ。夏「青嵐」。

【語釈】○青嵐　青い草木を吹きわたる風。

【備考】『素堂家集』などでは中七《なかしち》が「雲吹出せ」。この句は芭蕉の「さみだれの空吹きおとせ大井川」を踏まえたか。

一七二　枇杷《びわ》黄也《なり》空はあやめの花曇り　　(同)

【句意】ビワは黄色く色づいているが、空は曇って「あやめの花曇り」と呼びたいような空模様だ。アヤメが咲くころは現在の梅雨の時期にあたっており天候が不順である。夏「枇杷・あやめ」。

【語釈】○枇杷　花は冬に咲くが実は夏にみのる。○あやめ　美人にたとえられる美しい花である。夏の季語。○花曇り　サクラの咲くころの曇りがちな天候をいう。「あやめの花曇り」は素堂の造語である。

素山が節句に送《おく》けるに

一七三　けふ《きょう》ふくや八橋寺《やつはしでら》の杜若《かきつばた》　　(同)

【句意】今日風が吹きわたっているよ、八橋寺のカキツバタの花の上を。五月五日の端午《たんご》の節句に素山に送った句。夏「杜若」。

【語釈】○素山　鳴海《なるみ》の名家である下里家の三代目の当主。知足《ちそく》の子で蝶羽《ちょうう》とも号した。○八橋寺　『東海道名所図会』によれば八橋に無量寺という寺があるという。この寺の伝承によれば、在原業平《ありわらのなりひら》の遺命によって、自画像と遺骨の半ばをこの寺に納めたという。この無量寺を当時土地の人は八橋寺と呼んでいたか。八橋は愛知県知立《ちりゅう》市の地名。かつてはたくさんのカキツバタが咲いていたという。カキツバタが無くなったあとも八橋はカキツバタの名所となった。また『伊勢物語』に業平が八橋で詠んだ和歌があり、八橋は業平ゆかりの地としても知られている。一八四の句参照。○杜若　紫色の色の美しい花が咲き、アヤメとともに美人にたとえられる。夏の季語。

【備考】原本では上五《かみご》は「けふや」の三字しかなく、注に「上五文字に脱漏《だつろう》（脱落）あらんも今明らかにせず」と記す。楠元六男編『芭蕉と素堂』の「山口素堂略年譜」によって脱漏を補った。

一七四　涅槃会《ねはんえ》や花も涙をそそぐやと　（『かくれさと』宝永4）

【句意】涅槃会が行われている、この日は花も涙を流すということだ。釈迦の入滅（死）を悲しんで花も涙を流すというのである。春「涅槃会」。

【語釈】○涅槃会　釈迦の入滅を追悼して行う法会。二月十五日に行う。○花も涙を　杜甫《とほ》の「春望」という漢詩の一句「感時花濺涙」による。この一句は現在は「時に感じては花にも涙を濺《そそ》ぎ」と読まれているが、宋代の諸家の詩話を抜粋した『詩人玉屑《ぎょくせつ》』では「時を感じて、花、涙を濺ぎ」と読んでいる。江戸時代には花が涙を流すという解釈もあったのである。

一七五　たきさしやそ朶《だ》の中よりこぼれ梅　（『梅の時』宝永5）

【句意】燃え残りを見ると、木の枝の中からウメの花びらがこぼれ落ちた。歌舞伎役者中村少長《しょうちょう》（初代中村七三郎）に対する追悼句である。春「梅」。

【語釈】○たきさし　燃え残ったもの。燃えさし。○そ朶　粗朶《そだ》。切り取った木の枝。たきぎなどに用いる。○こぼれ梅　散り落ちたウメの花。ここは亡くなった少長の比喩《ひゆ》。

一七六　かくれがの芝居の市《いち》に花ちりぬ　　（同）

【句意】少長が隠れ家にしていた芝居の町に花が散った。前の句と同じく少長に対する追悼句で、この「花」もウメの花であろう。「花ちりぬ」は少長が亡くなったことの比喩。春「花」。

【語釈】○かくれが　世俗的な交わりを絶って静かに暮らすところ。本来は人里を離れたところが隠れ家にふさわしいが、少長にとって華やかな「芝居の市」が隠れ家であったというのであろう。ことわざに「大陰《だいいん》は市に隠る」ともいう。非凡な隠者は山林などに隠れず、かえって市中などに隠れるというのである。○芝居の市　歌舞伎の劇場がありその関係者が住んでいた町。歌舞伎役者などは世間一般の人と隔離された地域に住んでいたのである。

宇治

一七七　山は朝日薄花桜《うすはなざくら》紅鷺《とき》の羽　　（『星会集』宝永6）

【句意】山には朝日が上り、朝日に照らされた平等院はウスハナザクラのようでもありトキが羽を広げたようでもある。春「薄花桜」。

【語釈】○宇治　京都の宇治。平等院の所在地として知られている。○薄花桜　江戸時代初期の歳時記『増山井《ぞうやまのい》』の「山桜」の中に「紅《くれない》の薄花桜」というサクラが記載されている。ただしその実体は不明。○紅鷺　トキ科の鳥。翼と尾羽が薄い紅色をしていて美しい。現在絶滅危惧《きぐ》種に指定されている。

丹波《たんば》にて

一七八　我《われ》むかし一重の壁をきりぎりす

（『既望』宝永6）

【句意】私は昔、壁一重で隣家と接している貧しい家で、わびしくキリギリスの鳴き声を聞いたこともあった。丹波で粗末な家に泊まったときのことを思い出して作った句であろう。秋「きりぎりす」。

【語釈】〇丹波　かつては山陰道八カ国の一つ。現在は京都府と兵庫県の一部。クリの名産地として知られているが、山国であり貧しいところであった。

忍岡《しのぶのおか》のふもとよりかつしかの里へ家をうつせしころ

一七九　長明《ちようめい》が車にむめ《う》を上荷《うわに》かな

（『誰袖』正徳1）

【句意】鴨《かもの》長明が引っ越しに利用したような車に、家財道具の上荷としてウメの木を積んだ。簡素な引っ越しだが上荷にウメを積みこんだのは風流人らしい行為である。春「むめ」。

【語釈】〇忍岡　現在上野公園がある東京都の上野台地の旧称。「しのぶがおか」とも。〇かつしかの里　葛飾の村。素堂の住まいがあったところで実際は深川。深川はかつて葛飾郡の一部であった。本書巻末の「あとがきにかえて―素堂の住まい」参照。〇家をうつせし　引っ越しをした。〇長明　鴨長明。『方丈記』の中で長明は自分の家について、引っ越しをするにしても車二台分で家ごと運ぶことができると書いている。「長明が車」とはこのことを踏まえる。

○むめ　ウメ。「むめ」と書くのは当時の慣用で「むめ」と書いてもウメと読む。○上荷　主な荷物の上に積む余分の荷物。

一八〇　竹植《うう》る其日《そのひ》を泣《なく》や村しぐれ　（『鉢叩』正徳2）

【句意】タケを植える日を泣いて過ごすことだ、空も曇り時雨のころの空模様のようだ。蟻道《ありみち》に対する追悼句である。蟻道は伊丹の人で俳諧を趣味とした。正徳元年（一七一一）五月十三日没。夏「竹植る其日」。

【語釈】○竹植る其日　中国では五月十三日を竹酔日《ちくすいにち》といい、この日にタケを植えるとよく繁茂するといわれていたという。年中行事の説明書『日次紀事《ひなみきじ》』の五月十三日の条に「この日を竹酔日という。竹を栽《う》うるに宜《よろ》し」と説明されている。○村しぐれ　時雨《しぐれ》の歌語で、たんに「しぐれ」といっても意味は変わらない。「しぐれ」は晩秋から初冬にかけて降る雨で、降ったり止んだりして陰晴定めなく降るのが特徴である。山地や山沿いの地方に降る雨である。俳諧では冬の季語。

一八一　昼の内鷗《かもめ》に眠りちどりには　（『千鳥掛』正徳2）

【句意】昼の間はカモメの声を聞きながらうとうとと眠っているが、夜になるとチドリの声に目が覚める。冬「ちどり」。

【語釈】○ちどり　チドリ科の鳥の総称。小型の鳥で昼間は外海にいて夜になるとなぎさの近くで鳴く。川で鳴くものもある。俳諧では冬の季語である。『拾遺集』の紀貫之《きのつらゆき》の和歌「思ひ《い》かね妹《いも》がり行けば冬の夜の川風さむみ千鳥鳴くなり」はチドリを詠んだ名歌として有名。

上野の道にて

一八二　茶の花や須磨《すま》の上野は松ばかり　（『千鳥掛』正徳2）

【句意】チャノハナが咲いている、須磨の上野はマツばかりだ。マツばかりの上野だがマツの根元にチャノハナが咲いていたのである。江戸の上野はサクラばかりだが須磨の上野はマツばかりだというのである。冬「茶の花」。

【語釈】○須磨の上野　須磨寺のある一帯の高台。須磨寺は摂津国《せっつのくに》須磨（現在の兵庫県神戸市須磨区）の上野山福祥寺《ふくしょうじ》の通称。須磨寺には平敦盛《たいらのあつもり》が愛用した笛が納められている。芭蕉に「須磨寺や吹かぬ笛聞く木下闇《こしたやみ》」という句がある。

一八三　初なづ《ず》な鰹《かつお》のたたき納豆まで　（同）

【句意】初ナズナをご馳走になった、カツオのたたきに納豆まで添えて。旅先でご馳走になった正月料理であろう。春「初なづな」。

【語釈】○初なづな　その年に初めて収穫されたナズナであろう。ナズナは春の七草の一つで早春に若葉をゆでて食べる。○鰹のたたき　カツオの塩辛。カツオの肉または内臓を叩き砕いて塩漬けにしたもの。現在の「カツオのたたき」とは異なる。

一八四　馬に市《いち》かきつばたには人もなし　（同）

【句意】知立《ちりゅう》（現在の愛知県知立市）ではウマのために市がたっているが、カキツバタの名所である八橋《やつはし》にはだれもいない。知立のウマ市には人が大勢押しかけるが、八橋には訪れる人が誰もいないのである。夏「かきつばた」。

【語釈】〇馬に市　知立のウマ市のことである。知立では毎年四月にウマ市が開かれて賑わった。「市」は物品などの売買をするところ。なお「知立」は江戸時代には「池鯉鮒」（「ちりふ」と振り仮名されることが多いが、「チリュウ」と読むのであろう）とも書かれた。〇かきつばた　夏になると濃紫色の美しい花を付ける。『伊勢物語』において、在原《ありわらの》業平《なりひら》が八橋で「からころも・きつつなれにし・つましあれば・はるばるきぬる・たびをしぞおもふ《う》」という和歌を詠んで以来、八橋はカキツバタの名所になった。この和歌は折句《おりく》になっており、五・七・五・七・七の各句の最初の文字を上から順番に読んでいくと「かきつばた」という言葉になる。

【備考】原本によれば『素堂家集其二』に「八橋にて」という前書きがあるというから、この句は八橋で詠まれたことがわかる。八橋は知立のごく近くにある。古来カキツバタの名所として知られるが、素堂が訪れた当時はカキツバタはなかったと思う。任他坊《にんたぼう》という人物が正保《しょうほう》年間（一六四四～一六四八）に書き残した『風車集《ふうしゃ》』という紀行文に八橋を訪れた記事があるが、この中に「尋ね入《い》りみれども、橋もかきつばたもなし。ただ田畠《たはた》と成りて何方《いずく》ともみえわかず」と記されている。

旧知青流子、去年冬のはじめ、箱根山早雲寺《そううんじ》宗祇師《そうぎし》の墓所の前にて髪おろし、みずから名を祇空《ぎくう》とあらためらるるとなん。我聞《われきく》、宗祇師は香《こう》をとめん為《ため》に髭《ひげ》をたしなみ給《たま》ふよし。

一八五　剃《そる》からは髭《ひげ》も惜《おし》まじかみな月《づき》

（『みかへり松』正徳5）

【句意】頭を剃《そ》る以上髭も惜しくはないでしょう、折しもかみな月です。初冬十月の神無月《かみなづき》に「髪無月《かみなづき》」をいいかけたユーモラスな句。冬「かみな月」。

【語釈】〇旧知　古い友だち。〇青流子　祇空の前号。「子」は敬称。〇早雲寺　北条早雲《そううん》の遺言によって建てられた寺。〇宗祇　中世の著名な連歌師。旅の途中箱根湯本で没す。早雲寺に墓がある。立派な髭をはやし、髭に香をたきしめていたといわれている。〇祇空　もとは大阪の人。其角《きかく》の門人。正徳《しょうとく》元年（一七一一）、隅田川のほとりの庵崎《いおざき》に庵《いおり》を結ぶ。同四年十月に箱根の早雲寺にある宗祇の墓前で剃髪し、祇空と改名する。二四一の句参照。

【前書き大意】古い友人の青流君が、去年の冬の初め、箱根山早雲寺の宗祇法師の墓の前で髪を剃り落として出家し、みずから名前を祇空と改めたということだ。私は聞いている、宗祇法師は香りをとどめるために髭をはやしていたと。

豊山香《ぶざんこう》

一八六　しらじらししらけし花や墨のもと

（『昔の水』正徳5）

【句意】ウメの花も白々と白けているよ、墨のもとでは。この「花」は古梅園《こばいえん》にちなんでウメの花を指す。ウメの花が黒い墨と対照的にいっそう白く見えるのである。『和漢朗詠集』下巻「白」の「しらじらししらけたるとし月光《つきかげ》に雪かきわけて梅の花をる《お》」を踏まえた。春「花」。

【語釈】○豊山香　墨の名。円形の墨で朝鮮から渡来したもの。この句が作られた当時古梅園でも作られていたのであろう。○しらけし　白くなること。ここは白さが際立つことであろう。

【備考】出典の『昔の水』は墨を扱う老舗《しにせ》として有名な奈良の古梅園の主人長江《ちょうこう》の編。古梅園は今でも奈良にある。

一八七　江戸ごころ鰹《かつお》と聞けばまなもよし　（『この馬』享保1）

【句意】江戸人の習性としてカツオと聞けばマナガツオでもうれしい。江戸の人には初ガツオは最高のご馳走だが、マナガツオでもうれしいというのである。原本によると法竹《ほうちく》という人の家に滞在したときの句だという。彼がマナガツオをご馳走してくれたのであろう。法竹は京都の人で当時の俳書に名が見える。二八二の句参照。アマチュア俳人だったのであろう。夏「鰹」。

【語釈】○鰹　初夏に出回る初ガツオを、先を争って買い求めて食べるのが江戸人の最大の楽しみであり見栄《みえ》でもあった。○まな　マナガツオ。関西方面でとれる魚だから江戸の人にはなじみのない魚であった。味のよい魚だという。

一八八　項羽《こうう》が騅《すい》佐々木が生喰《いけずき》の木瓜《ぼけ》の花　（『鵲尾冠』享保2）

【句意】項羽の騅や佐々木高綱《たかつな》の生喰の好んだボケの花だ。芭蕉の句「道のべの木槿《むくげ》は馬にくはれ《わ》けり」のパロディか。騅や生喰のような名馬は道端に生えているムクゲのようなはかない花ではなく、花期の長い華やかなボケを好むというのであろう。春「木瓜の花」。

【語釈】○項羽　漢の高祖と天下を争った英雄。○騅　項羽の愛馬。最後の一戦を前にして項羽がうたったという「垓下《がいか》の歌」に「時、利あらず、騅逝《ゆ》かず」とある。この歌は『史記』「項羽本紀」に見える。○佐々木　佐々木高綱。鎌倉初期の源氏方《かた》の武将。○生喰　宇治川の先陣争いで高綱が乗った名馬。『平家物語』巻九「宇治川」参照。

　　ばせを老《しょう》人行脚《あんぎや》帰りのころ

一八九　蓑虫《みのむし》やおもひ《い》しほどの庇《ひさし》より

（『素堂家集其二』享保6）

【句意】ミノムシがぶらさがっているよ、思っていたとおり荒れた庇から。芭蕉が旅から帰ってきたときに詠んだ句であることがわかる。素堂自選『とくとくの句合』の前書きでは「隣家の僧（芭蕉を指す）、行脚に出《いで》て久しく帰らざりしころ」と記されており、まだ芭蕉が江戸に戻っていないとも考えられるが、次の一九〇の句によって芭蕉が江戸に帰っていたことがわかる。秋「蓑虫」。

【語釈】○ばせを老人　芭蕉老人。「芭蕉」を「ばせを」と書くのは当時の慣用。一四四の句参照。当時は四十歳を初老といいこれ以後は老人である。○行脚　旅。○蓑虫　ミノガの幼虫。枯葉などで巣を作り冬は木の枝などにぶらさがったまま越冬する。古くから秋になると父をしたって鳴くという伝承があり（『枕草子』参照）、俳諧では秋の季語。○おもひしほど　思ったほど。想像していたとおり。『平家物語』巻三「少将都還《がえ》り」の平康頼《たいらのやすより》の和歌「ふるさとの軒の板間にこけむして思ひ《い》し程はもらぬ月かな」による。○庇　日差しをさえぎるために家の窓などに設けた小さな屋根。

【備考】貞享《じょうきょう》四年（一六八七）の冬に芭蕉は故郷の伊賀上野に向かって旅立っているが、翌年元禄元年（芭蕉は四十五歳）の秋に江戸に戻っている。この句はこのときに作られた。

此日《このひ》予が園《えん》へともなひ《い》けるに、また竹の小枝にさがりけるを

一九〇　みのむしにふたたびあひ《い》ぬ何の日ぞ　（同）

【句意】ミノムシに再び会った、今日はどのような日なのだろう。めったに見かけることがないミノムシを一日に二度も見かけて驚いたのである。前書きによれば、一八九の句を詠んだ同じ日に詠まれた句である。旅帰りの芭蕉の家を訪れたあと、素堂は芭蕉を自分の家の庭園に誘ったのである。この庭園のタケの枝にミノムシがぶらさがっていたのである。秋「みのむし」。

石川丈山翁《じょうざんおう》の六物《ろくぶつ》になぞらへ《え》て、芭蕉庵六物の記

其三　小瓢《こひさご》　帯はさみ

許子《きょし》は捨《すて》、顔子《がんし》は用う。これらの人、用捨に分別なしとはいへ《え》ども、用《もちい》るかたにていはば《わ》、人みな陸地に波をおこして世をわたる事、阿波《あわ》のなるとよりもあやふ《う》し。このひさごのごとく、世をかるうわたるを《お》りは、風波をのがれて平地をゆくべし。かたちはすこしきなれども、大なるはたらきなからましやは。中流に舟をくつがへ《え》す時、一瓢《いっぴょう》千金の心なるをや。

一九一　枯瓢《かれひさご》蚤《のみ》が茶臼《ちゃうす》をおふ《う》こころ　（同）

【句意】枯れたヒョウタンにもノミが茶臼を背負おうとするほどの大きな志があるのだ。夏「蚤」。

【語釈】○石川丈山　江戸時代初期の著名な漢詩人。京都の一乗寺《いちじょうじ》村に詩仙堂を建てて隠棲《いんせい》した。寛文《かんぶん》十二年（一六七二）没。九十歳。○六物　丈山が日常愛用した六つの器財。黒川道祐《どうゆう》の「東北歴覧《れきらん》之記」に「堂中には詩仙の図、並びに六物残れり」と記されているという（阿部正美《まさみ》著『芭蕉発句全講Ⅳ』）。丈山が亡くなったあと、彼が住んでいた詩仙堂に詩仙（著名な中国の詩人）の画像と六物が残されていたのである。○小瓢　小さいヒョウタン。○帯はさみ　たばこ入れや財布のひものはしに付けて帯で挟むもの。根付け。芭蕉は親指の先ほどの小さいヒョウタンを帯はさみとして使っていたのである。○許子　許由《きょゆう》の略称。「子」は敬称。ここは君子の意。中国古代の伝説上の隠者。人がくれたヒョウタンを、風に鳴る音がやかましいというので捨てた話が『徒然草』一八段にある。○顔子　顔回《がんかい》の略称。「顔淵」とも。孔子の高弟。彼は「一箪《いったん》の食《し》（タケ筒に入ったわずかのごはん）、一瓢《いっぴょう》の飲《いん》（ヒョウタン一杯の水）」という貧しい生活に耐えて平然としていたという。○用捨　用いることと捨てること。○陸地に波をおこして　平穏な状態にわざわざ苦労の原因を作ること。「平地に波を起こす」とも。○阿波のなると　阿波国《あわのくに》（現在の徳島県）の鳴門海峡。大きな渦を巻き航海の難所として知られる。古くから苦難に満ちた人生の比喩《ひゆ》として用いられている。○ひさご　ヒョウタン。○蚤が茶臼　ノミが茶臼を背負う。分不相応なことを望むこと。当時のことわざか。土芳《どほう》の『蕉翁全伝』に芭蕉の句として「山のすがた蚤が茶臼の覆《おおい》かな」という句が収録されている。なお原本では「蚤。茶臼」。原本の注により「が」を補った。

【備考】石川丈山が愛用していた六つの物になぞらえて、芭蕉の住まいにある六つの器財を題材にした戯れの作。其五、其六は次の一九二と一九三の句だが、其一、其二、其四には句はなく最後に漢詩を添える。

【前書き大意】許由はもらったヒョウタンを捨て、顔回はごはんを入れるのに用いた。この人たちは、用いるか捨てるかということについて深い考えがあったわけではないが、用いる立場から言えば、人はみな無用の道具を作り出して生きてゆく様子は、阿波の鳴門を渡るよりあぶなっかしい。このヒョウタンのように、世の中を軽くすごしてゆくときは、風波の危険を逃れて平坦なところを歩いてゆくことができる。形は小さいが大きな助けにならないこともないだろう。川の中で船がひっくりかえったときには浮き袋がわりになり、一つのヒョウタンに千金の価値がある思いをすることもある。

其五　画菊《がぎく》

予が家に菊と水仙の画を久しく翫《もてあそ》びけるが、ある時ばせを《しょう》をまねきて、此《この》ふた草の百草《ももくさ》におくれて霜にほこるごとく、友あまたある中にひさしくあひ《い》かたらは《わ》んとたは《わ》ぶれ、菊の絵をはなして贈る時、

一九二　菊にはなれかたは《わ》ら寒し水仙花《すいせんか》

（『素堂家集其一』享保6）

【句意】キクと離ればなれになり、身のまわりが寂しくなったよ、スイセンの花は。芭蕉との友情がずっと続くことを願った句。冬「水仙花」。

【前書き大意】私の家ではキクとスイセンの絵を長年眺めて楽しんでいたが、ある時、芭蕉を招いて、この二つの花が、多くの花が咲き終わったあと、霜の中に誇らしげに咲いているように、友だちがたくさん居る中で、私とあなたはこれ以後も長く親しくしてゆきたいと冗談を言って、キクの絵を手放して芭蕉に贈る時、次の句を作った。

其六　茶羽織

此翁《このおきな》行脚のころ、身にしたがへ《え》る羽折有《はおりあり》。五十三駅ふたたび往来、さらぬ野山をもわけつくし、あるは越路《こしじ》の雪にさらし、あるは八重のしほ《お》風にしみて、離婁《りろう》が目にも色をわかちがたく、竜田姫《たつたひめ》も染《そめ》かへ《え》すによしなからんのみ。是《これ》を故郷の錦にもなしけるやと、おかしくもまたあはれ《わ》ならずや。勢州山田が原の三《さん》四《し》とかや、ひとたび見て、「素堂素ならず眼《まなこ》くろし。茶の羽折とはよくも名付《づけ》る、茶とも何とも名づくべきもんたひ《い》なし」とて興に入《いり》ぬ。或人《あるひと》、此羽織変ぜば何にかなり侍《はべ》らんと有《あり》しに、

一九三　鼯《むささび》となりぬべらなり茶の羽折

（『素堂家集其一』享保6）

【句意】きっとムササビになるだろう、この茶の羽織は。ムササビが飛ぶ姿は人が羽織を着て空を飛んでいるように見える。冬「鼯」。

【語釈】○此翁　芭蕉を指す。○羽折　「羽織」の当て字。着物の上からまとうコートのようなもの。旅行の必需品。茶の羽織については一三九の句参照。○五十三駅　東海道の五十三の宿場。「五十三次《つぎ》」とも。○さらぬ　人に知られていない。○越路　現在の富山県・新潟県あたりをいう。○八重のしほ風　海の遠くから吹いてくる風。○離婁　非常にすぐれた視力をもった人物。『孟子《もうし》』や『荘子《そうじ》』などに登場する。○竜田姫　秋をつかさどる女神。木の葉を美しく染めるのは竜田姫の力だと考えられていた。○故郷の錦　故郷に帰るときに着る立派な晴れ着。○勢州山田が原　伊勢国《いせのくに》の山田。現在の三重県伊勢市山田。伊勢神宮外宮《げくう》の所在地。○三四　伊勢の俳人と思われるが未詳。○素ならず　おろかではない。「素」は素人などというさいの「素」。○眼くろし　物を見分ける力があること。○もんたひなし　紋対無し。根拠がない。○鼯　リスに似た動物。リスよりかなり大きい。前後の手足の間に

大きな飛膜《ひまく》がありこれを広げて枝から枝へ飛び移る。その姿は人間が着ている羽織を広げた姿にそっくりである。

【前書き大意】この老人が旅に出るときに身につけている羽織がある。東海道五十三次を二度往復し、さほど有名ではない野山にも分け入り、あるいは越路の雪にこの羽織をさらし、あるいは海上を遠く吹いてくる潮風に吹きつけられ、離妻のような優れた視力でも元は何色だったかわからず、木の葉を美しく染める竜田姫でも、これを染め直す方法がない。これほど古びた羽織を故郷の錦にもしたのであろうかと、おかしくもあり、またあわれに思わないでいられようか。伊勢国山田の三四という男が一度見て、「素堂は単純な人ではない、よく物事の道理がわかっている。元の色もわからない古羽織を茶の羽織とは、うまく名付けたものだ。茶といおうと何といおうと、どう名付けても正しいとはいえないのだから」とおもしろがった。ある人がこの羽織は化けたら何になるだろうかと言ったので、次のような句を作って答えた。

大磯《おおいそ》にて

一九四　あれて中々虎が垣ねのつぼすみれ　（同）

【句意】荒れ果ててかえって虎が石を囲む垣根のツボスミレがかれんで哀れだ。春「つぼすみれ」。

【語釈】○大磯　現在の神奈川県中郡大磯町。江戸時代は東海道の宿場町。○中々　かえって。○虎　大磯の遊女。「虎御前《ごぜん》」とも。曽我《そが》兄弟の兄十郎祐成《すけなり》の恋人。大磯町に虎御前の伝説にまつわる虎が石がある。この句の「垣ね」はこの虎が石の囲いであろう。ただし西鶴《さいかく》の地誌『一目玉鉾《ひとめたまぼこ》』にある虎が石の絵には囲いは見えない。その後囲いが作られたのであろう。虎が石を持ち上げようとすると、美男であれば持ち上げることができるが、そうでなければ持ち上げることができないという。○つぼすみれ　スミレのこと。植物学上はツボスミレとスミレは別種のものだというが、古くから和歌などではスミレの異名として使われてきた。

鴫《しぎ》たつ沢の西行堂《さいぎょうどう》に投ず

一九五　何となくそのきさらぎの前のかほ《お》　（『素堂家集其一』享保6）

【句意】西行堂にいると、何となく「そのきさらぎの」と詠んで亡くなる前の西行の顔が浮かんでくるようだ。春「きさらぎ」。

【語釈】○鴫たつ沢　西行が「心なき身にもあはれ《わ》はしられけり鴫立つ沢の秋の夕暮《ゆうぐれ》」という和歌を詠んだといわれている場所。現在の神奈川県中郡大磯町にある名所。この和歌は『新古今集』に収録されており、三夕《さんせき》の和歌の一つとして有名。西行は平安末鎌倉初期の著名な歌人。○西行堂　元禄《げんろく》八年（一六九五）に俳人の大淀三千風《おおよどみちかぜ》が西行をしのんで建てた鴫立庵《しぎたつあん》。一時絶えるが現在も存続する。○投ず　宿泊する。○そのきさらぎ　西行の和歌「願はく《わ》は花のもとにて春死なむ《ん》そのきさらぎの望月《もちづき》のころ」の一部。「そのきさらぎの望月のころ」は釈迦が亡くなったといわれる二月十五日のころ。西行はこの和歌に詠まれたとおり文治《ぶんじ》六年（一一九〇）の二月十六日に没した。一一七の句参照。

【備考】素堂自選『とくとくの句合』では上五《かみご》「何となく」が「命長し」に改められている。

一九六　東山《ひがしやま》にて
木の間《こま》ゆくかづき《ず》にちりし桜かな　（同）

【句意】木の間を行く女性の被衣《かずき》に散りかかっているよ、サクラの花が。春「桜」。

【語釈】○東山　京都の東山。ふもとに清水寺や知恩院がありサクラの名所。○かづき　被衣。顔を隠すために頭からかぶり、両手で支えるようにして身にまとう一重の衣《きぬ》。公家《くげ》や武家などの高貴な女性が着用する。

【備考】原本では中七《なかしち》は「かづきにちらし」。これでは意味が通じないので原本の注を参照して改めた。

一九七　同じ豊国《とよくに》にて
朝鮮《ちようせん》もなびけしあとや野人参《のにんじん》　（同）

【句意】朝鮮を征服した豊臣秀吉をまつった神社のあとにはノニンジンが生えている。素堂自選『とくとくの句合』では「たれか見む《ん》桜のころの野人参」と改作し、豊国神社の跡地に「薬種にも野菜にもならぬ野人参の生《お》い出《い》でたる」状況を描き出したと述べている。夏「野人参」。

【語釈】○同じ　前の句と同じく京都の東山で作った句という意味。○豊国　豊臣秀吉をまつった豊国神社（「ほうこくじんじゃ」とも）。京都東山の阿弥陀峰《あみだがみね》の中腹に建てられた豪壮な神社であったが、徳川家の時代になって三代将軍家光《いえみつ》によって破壊されて荒廃した。○なびけし　征服した。秀吉が朝鮮を征服したというのだが、実際には秀吉の朝鮮出兵は失敗に終わった。○野人参　ヤブジラミの異名だという。この句では何の役にも立たない植物として詠み込まれている。朝鮮は薬用ニンジンの産地として有名。それと対照的なものとしてノニンジンを出した。江戸時代にはノニンジンを季語として取り上げた歳時記は無い。江戸時代末期の『増補俳諧歳時記栞草《しおりぐさ》』の夏の部の追加の項にヤブジラミをあげている。

蛍見《ほたるみ》　宇治《うじ》

一九八　きせむ《ん》法師蛍のうたもよまれけり　（『素堂家集其二』享保6）

【句意】喜撰《きせん》法師はホタルの和歌も詠まれた。喜撰法師といえば『百人一首』の「我《わ》が庵《いお》は都のたつみしかぞすむ世をうぢ山と人はいふ《う》なり」という和歌が有名だが、ホタルの和歌も詠んでいるというのである。夏「蛍」。

【語釈】○宇治　現在の京都府宇治市を中心とする一帯。平安時代は貴族の別荘地。平等院の所在地として知られる。喜撰はこの地に隠棲《いんせい》したといわれる。山城国《やましろのくに》（現在の京都府）の歌枕。○きせむ法師　喜撰法師。『古今集』の仮名序で六歌仙の一人にあげられているが、なかば伝説上の人物。○蛍のうた『玉葉集《ぎょくよう》』に「木《こ》の間より見ゆるは谷の蛍かもいさりにあまの海へゆくかも」という喜撰の和歌がある。

六月後《のちの》四日あたごの山にのぼりて大善院に一宿《いっしゅく》のころ

一九九　白雲《はくうん》を下界の蚊屋《かや》につる夜哉《よかな》　（同）

【句意】白雲を下界の蚊帳としてつっているよ、夜になると。愛宕山《あたごやま》の山上に白雲がたなびき、この白雲が蚊帳の代わりになって力を防いでくれているというのである。したがって愛宕山の下の民家では夏でも蚊帳をつる必要がないのである。夏「蚊屋」。

【語釈】○後四日　二十四日。この句では六月二十四日。○あたごの山　京都の愛宕山。比叡山と東西相対してそびえている。頂上に愛宕神社がある。○大善院　未詳。愛宕神社に参詣する人のための宿泊設備か。○白雲　空に浮かぶ白い雲。愛宕神社を別名朝日嶽白雲寺《あさひがだけはくうんじ》と号するので、「白雲寺」の「白雲」をかけた。○下界　本来は仏教用語で欲望に満ちた人間世界をいう。転じて山上などから見た低い所。○蚊屋　蚊帳の慣用的当て字。力を防ぐために寝床を覆うようにして天上からつるすもの。

同じいざよひに広沢にあそびて

二〇〇　我舞《われまい》て我にみせけり月夜かげ　（同）

【句意】自分で舞ってその姿を自分に見せた、月明かりのもとで。自分の舞う姿が広沢の池の水面に映っているのである。舞う自分と池に映る自分の影と月で三人の世界が生じる。李白《りはく》の漢詩「月下独酌《どくしやく》」の「杯を挙げて明月を邀《むか》え、影に対して三人と成る」を踏まえた。秋「月夜かげ」。

【語釈】○いざよひ　十六夜。ここは八月十六日。八月十五日の仲秋の名月の翌日である。○広沢　京都にあった広沢の池。月の名所であった。○月夜かげ　月の光。

【備考】原本によると、この句の前に、八月十五夜に石清水《いわしみず》に詣でて詠じた和歌が記されているという。したがってこの句は、この和歌が詠まれた翌日に作られた句ということになる。石清水は京都の石清水八幡宮である。

北山の茸狩《たけがり》にいざなはれ《わ》しころ

二〇一　茸狩やひとつ見付《みつけ》しやみのほし　（『素堂家集其一』享保６）

【句意】キノコ狩りで一つ見つけたよ、闇夜の星にも匹敵する貴重なキノコを。秋「茸狩」。

【語釈】○北山　京都の北方の山々。素堂自選『とくとくの句合』には「西山」とある。○やみのほし　貴重な物の比喩。「五月雨」という銘をもつ小堀遠州《えんしゅう》作の茶杓《ちゃしゃく》の共筒《ともづつ》に自筆で書かれた和歌、「星一つみつけたる夜のうれしさは月にもまさるさみだれの空」による言葉（『芭蕉と素堂』の『とくとくの句合』注釈」による）。素堂は今日庵《こんにちあん》三世を継承した茶人でもあったから、このような和歌を知っていたのであろう。

【備考】原本の注によれば沾徳《せんとく》・沾洲《せんしゅう》編『橋南《はしみなみ》』に次のような詞書《ことばがき》がある。「戊寅《つちのえとら》（元禄十一年）の秋洛陽《らくよう》（京都）に遊びて、一日鳴滝《なるたき》（京都の別荘地）に茸狩して両袖にいだきて帰りぬ。その片袖はみやこのあるじにあたえ、そのかたそでは大津の浦の一隠士安世《あんせい》のかたへこの三唱（二〇一、二〇二、二〇三の三句）をそえておくるならし」。二〇一、二〇二、二〇三の三句で一つのセットになっている。

二〇二　たけがりや見付《みつけ》ぬ先のおもしろさ　（同）

【句意】キノコ狩りはまだ見つけないときが面白い。秋「たけがり」。

【備考】原本には出典の記載なし。二〇一の句参照。

二〇三　袖の香やきのふ《う》つかみし松の露　　（同）

【句意】袖の香りは昨日つかみ取ったマツタケの露のにおいですよ。「香りまつたけ、味しめじ」といわれるようにマツタケは香りが強い。秋「露」。

【語釈】○松　マツタケの女房《にょうぼう》言葉（宮中などで女性が使った言葉）。

【備考】原本には出典の記載なし。二〇一の句参照。

石山寺《いしやまでら》へもみぢ《じ》見にまかりしころ

二〇四　雲半山《くもはんざん》石をのこしてもみぢ《じ》けり　　（同）

【句意】雲は山の半分を覆っており、あとの半分は岩の部分を残して一面に紅葉している。秋「もみぢけり」。

【語釈】○石山寺　現在の滋賀県大津市にある寺。寺は岩山の上に立っている。この寺で紫式部が『源氏物語』の「須磨の巻」・「明石の巻」を書いたという伝承がある。月の名所。「石山の秋月」は「近江八景」の一つ。○雲半山『宋詩別裁集』の宋祁《そうき》の漢詩「城隅《じょうぐう》晩意」の「雲生じて半山を失う」を踏まえた。○石　広くは岩石・鉱物の総称。「石山」は現在の感覚では岩山である。

よしの川に下りて

二〇五　鮎《あゆ》小鮎花の雫《しずく》を乳房にて　（『素堂家集其一』享保6）

【句意】大きいアユや小さいアユは花のしずくを乳房にして成長するのだろう。春「花・小鮎」。

【語釈】○よしの川　奈良県を流れる吉野川。アユがとれることで有名。また吉野はサクラの名所。○鮎　海で成長した稚魚は春になると川を遡上《そじよう》する。アユは夏の季語だがここは春の若アユ。○小鮎　七三の句参照。

初瀬《はつせ》にて

二〇六　宿からん花に暮《くれ》なば貫之《つらゆき》の　（同）

【句意】紀《きの》貫之の宿坊《しゆくぼう》を借りよう、サクラ見物で日が暮れたなら。「貫之の宿からん」というべきところを「貫之の」を後に回した技巧的な句。春「花」。

【語釈】○初瀬　現在の奈良県桜井市東部の地名。現在は「はせ」と読む。長谷寺《はせでら》の門前町として有名。素堂自選『とくとくの句合』では、この句について「貫之ははつ瀬の申し子なれば、宿坊（寺の宿泊設備）も有りぬべし」と記されている。貫之は長谷寺観音の申し子だから、初瀬には彼が定宿にした宿坊もあるだろうというのである。「申し子」は神仏に祈願してできた子。なお『大和名所図会』によれば長谷寺の回廊の中程に「貫之梅」というウメの木があったという。○貫之　平安時代を代表する歌人の紀貫之。『古今集』編集の中心人物。

二〇七　至れりや杉を花ともやしろとも　三輪《みわ》　（同）

【句意】なんとも尊いことだ、スギの木をサクラとも本殿とも見なして拝んだことだ。春「花」。

【語釈】〇三輪　現在の奈良県桜井市三輪。大神《おおみわ》神社の所在地。三輪山を御神体とするため本殿がない。スギの木が三輪山の象徴になっている。〇至れり　極限に達すること。ここは神の御威光が極限に達していること。〇やしろ　神社の建物。ここは御神体をまつる本殿の意味。

二〇八　遅き日やしかまのかち路《じ》牛で行《ゆく》　猶《なお》、牡丹花《ぼたんか》をまなびて　（同）

【句意】日が暮れるのが遅い春の日に、飾磨《しかま》までの歩いて行ける距離を、牡丹花のまねをしてウシに乗って行った。「飾磨の褐《かちん》」を「飾磨のかち路」ともじった。春「遅き日」。

【語釈】〇牡丹花　肖柏《しょうはく》の別号。室町時代の連歌師。外出するときはウシに乗って出かけたという。〇まなびてまねをして。肖柏のまねをしたのである。〇遅き日　日が暮れるのが遅い春の日。春の季語。〇しかま　播磨国飾《はりまのくにしか》磨《ま》（現在の兵庫県姫路市南部）。港町として発展した。衣類を染める褐染《かちんぞ》めが特産で、江戸時代初期の俳書『毛吹草《けふきぐさ》』にも、播磨国の特産品として「飾摩（「飾磨」に同じ）の褐色《かちん》染め」をあげている。〇かち路　歩いて行くこと。ここは歩いてゆくことができる距離。

書写寺《しよしやでら》へ詣《もうで》しに、弁慶《べんけい》法師の自習せし所とて、そのほとりに弁慶水《すい》はこれなりと人の教《おしえ》けるに

二〇九　弁慶の面影白し花の雪　（『素堂家集其一』享保6）

【句意】弁慶の面影が水に白く浮かんでいる、花が雪のように舞っている中で。春「花の雪」。

【語釈】○書写寺　播磨国飾磨《はりまのくにしかま》（現在の兵庫県姫路市南部）の書写山にある円教寺（山号は書写山）の俗称。書写山は延暦寺《えんりやくじ》のある比叡山に対し西の比叡山と呼ばれた霊場。○弁慶　源義経の家来。一時円教寺にいたことがあるが、乱暴な行いが多く追い出されている。○弁慶水『播磨名所巡覧図会』によれば、書写山に登る途中に「弁慶学文所《がくもんじよ》の硯水池《けんすいち》」というところがあるという。これを指すのであろう。○花の雪　サクラが散るのを雪に見立てた言葉。

姫路の丁《ちよう》を過《すぎ》けるに、名だかきお夏が家はここなりとききて

二一〇　さてはさうか花の跡とてなつかしや　（同）

【句意】そうか、ここがお夏の家なのか、花のような美しい女性の住まいの跡だと思うと懐かしい。春「花」。

【語釈】○姫路　現在の兵庫県姫路市。十五万石の城下町であり西国《さいごく》街道の宿場町として栄えた。○丁　町《まち》のこと。江戸ではマチではなくチョウといい「丁」という漢字を当てることが多い。○お夏　姫路の但馬屋《たじまや》という商家の娘。この店の手代《てだい》の清十郎とお夏の駆け落ち事件は全国的に有名になり、西鶴の『好色五人女』にも取り上げられている。ただし事件の真相は不明。○花　季語でありまたお夏の比喩《ひゆ》。

西国くだりに

二一一　さびしさを裸にしけり須磨《すま》の月　（同）

【句意】須磨の寂しさをむき出しにしているよ、須磨の月は。月に照らされて浮かび上がった須磨の寂しさを詠んだ。「さびしさを裸にしけり」という意表を突いた表現は、延宝から天和《てんな》（一六七三～一六八四）ごろの俳諧の特徴である。秋「月」。

【語釈】○西国　九州地方。「西国くだり」は九州地方に向かうこと。素堂は延宝六年（一六七八）の夏に九州に向かって江戸を出立した。そのときの句であろう。○須磨　現在の神戸市須磨区の海岸付近。当時は西国へ行く交通の要衝。『源氏物語』「須磨の巻」では須磨について「またなくあわれなるものは、かかる所の秋なりけり」と記されている。摂津国《せっつのくに》（現在の兵庫県）の歌枕。

あかしの浦にて

二一二　朝霧に歌の元気やふかれけむ《ん》　（同）

【句意】朝霧に和歌の心が吹き動かされたのであろう。朝霧が柿本人麻呂《かきのもとのひとまろ》の歌心を刺激したために、名歌が生まれたのであろう、というのである。柿本人麻呂の和歌「ほのぼのと明石《あかし》の浦の朝霧に島隠れゆく舟をしぞ思ふ《う》」を踏まえた句。江戸時代にはこの和歌が人麻呂の代表的な名歌として知られていた。ただしこの和歌は作者不明で、『古今集』には「この歌は、ある人のいわく、柿本人麿《ひとまろ》（人麻呂）がなり」と記されている。これは「一説によれば人麿の和歌だという」という意味である。秋「朝霧」。

【語釈】○あかし　明石。須磨に隣接する地域。『源氏物語』「須磨の巻」に「明石の浦は、ただはいわたるほど」の近距離だと記されている。須磨と明石は近距離にあるが、須磨は摂津国《せっつのくに》、明石は播磨国《はりまのくに》の歌枕である。○元気　万物の根本をなす気。ここは和歌を生み出す心。其日庵錦江《きじつあんきんこう》による素堂の句の注釈書『白蓮集《びゃくれんしゅう》解説』では、この言葉は『近思録』の「観聖賢類」から借用したと記している。『近思録』は中国で作られた儒教の本だが、日本では寛文《かんぶん》年間（一六六一～一六七三）に和刻《わこく》本（中国で作られた本を日本で出版したもの）が出版されている。

いつくしき此島《このしま》、めぐり七里、廻廊《かいろう》にうしは《お》のみちたる景気《けいき》、わきていは《わ》むかたなし。額《がく》両面

表　伊都岐島《いつきしま》　空海筆《くうかいひつ》

表　厳島《いつくしま》　道風《とうふう》筆

宝物あまた有《ある》中に、平家の一門寄合書《よりあいがき》の法華経《ほけきょう》二十八品《ほん》、清盛《きよもり》入道、安徳《あんとく》天皇御誕生前の願書、墨いまだかは《わ》かぬや《よ》うにあり。

二一三　廻廊にしほ《お》みちくれば鹿ぞなく

（『素堂家集其一』享保6）

【句意】回廊に潮が満ちてくるとシカが鳴く。山部赤人《やまべのあかひと》の和歌「和歌の浦に汐《しお》みちくれば潟《かた》をなみ芦辺《あしべ》をさして田鶴《たず》鳴きわたる」を踏まえた句。秋「鹿」。

【語釈】○いつくしき　神々しい。○此島　厳島（古くは「伊都岐島」とも表記した）を指す。広島湾の西南部にある

島。「宮島《みやじま》」とも。日本三景の一つ。厳島神社がある。○めぐり七里　周囲七里。七里は三〇キロ弱。○廻廊　回廊。建物を取り巻いている廊下。ここは厳島神社の回廊。○うしほ　しお。潮。○景気　景色。眺め。○額　海上に立っている厳島神社の大鳥居の額。『厳島図会』には、「昔の額、表は小野道風、裏は空海の筆なりと」と記されている。原本の「表　伊都岐島」の「表」は「裏」の間違いであろう。○空海　平安時代初期の人。「弘法大師」とも。書の名人として知られており三筆《さんぴつ》の一人。○道風　小野道風。平安時代中期の人。書の名人として知られており三蹟《さんせき》の一人。○寄合書　何人かの人が協力して書画や経典などを製作すること。「平家の一門の寄合書の法華経」は平家一門が製作して厳島神社に奉納した経巻《きょうかん》で「平家納経」という。『法華経』二十八巻にその他の経典類四巻と清盛自筆の願文《がんもん》一巻を加えて全部で三十三巻。国宝に指定されている。○清盛　平清盛。平安時代末期の武将。保元・平治の乱を経て政治の実権を握り太政《だじょう》大臣にまでのぼりつめた。深く厳島神社を尊崇《そんすう》した。晩年出家したので「清盛入道」という。○安徳天皇　第八十一代天皇。清盛の娘建礼門院《けんれいもんいん》徳子の子供。

長崎にて

二一四　珠《たま》は鬼灯《ほおずき》砂糖は土のごとくなり　（同）

【句意】サンゴの珠は道端のホオズキのようにどこにでもあり、砂糖は土のようなもので珍しくもない。外国貿易で栄えている長崎では貴重なサンゴの珠や砂糖が豊富にある様子を詠んだ。秦《しん》の始皇帝《しこうてい》の豪勢な生活を描いた杜牧之《とぼくし》の漢文「阿房宮賦《あぼうきゅうのふ》」の「玉をば石のごとく、金をば塊《かい》のごとく珠《たま》をば礫《こいし》のごとくす」を踏まえた句。秋「鬼灯」。

【語釈】○長崎　江戸時代には日本でただ一つ外国に開かれた貿易港として栄えた。○珠　サンゴの珠。輸入品であり貴重な宝玉。○鬼灯　がくの中に丸い実があり、秋になると赤く熟してサンゴの珠のようになる。○砂糖　当時はまだ輸入品が主流で高価であった。ツュンベリーの『江戸参府随行日記』に「日本人が外国人の手を経て入手せざるを得ない唯一のものが砂糖」と記されている。

木曽路《きそじ》を下りけるころ

二一五　夕立にやけ石寒し浅間山　（『素堂家集其一』享保6）

【句意】夕立が降って焼け石が寒々としている、浅間山では。冬「寒し」。

【語釈】○木曽路　厳密にいえば中山道《なかせんどう》のうちで木曽谷を通る部分。また中山道そのものを指すこともある。ここは中山道を指すのであろう。中山道は江戸時代の五街道の一つ。東海道とともに京都と江戸を結ぶ幹線道路。「下り」とあるから京都方面から江戸へ帰る途中の句である。○やけ石　浅間山から噴出した石であろう。最近噴火したものではなく、かなり前に噴出して軽石の状態になったものであろう。○浅間山　現在の長野県と群馬県にまたがってそびえる活火山。

【備考】素堂自選『とくとくの句合』では「やけ石寒し」が「やけ石涼し」。これだと夏の句になる。また前書きが「木曽路を登りける頃」。これだと江戸から京都方面に行く途中の句ということになる。

二一六　鴨《かも》の巣や富士にかけたる諏訪《すわ》の池　（同）

【句意】カモの巣が富士山の上にカモの巣が作られているよ、諏訪湖では。諏訪湖に映った富士山の上にカモの巣が作られているのである。素堂自選『とくとくの句合』ではこの句の前書きに「すはの池には富士のかげうつるといへば《え》」とある。春「鴨の巣」。

【語釈】○鴨の巣　「カモ」単独であれば冬の季語だが「鴨の巣」は春の季語。○諏訪の池　諏訪湖。俳諧辞典『類船集』の「橋」の項に「信濃の諏訪の池」とある。またこの句は柳荘《りゅうそう》編『水薦苅《みすずかり》』にも収録されているが前書きは「諏訪湖春望」。

紀南玉津島《きなんたまつしま》にて

二一七　霧雨に衣通姫《そとおりひめ》の素顔見む《ん》　（同）

【句意】霧雨を通して衣通姫の素顔を見たい。衣通姫の素顔なら霧雨の中でも輝いて見えるだろうというのである。素堂自選『とくとくの句合』によれば、蘇東坡《そとうば》が西施《せいし》の美しさを西湖《せいこ》に比して「淡粧濃抹《たんしょうのうまつ》、両《ふたつ》ながら相宜《あいよろ》し」（「西湖」）と詠んだ漢詩を踏まえて、素顔の衣通姫の美しさを詠んだようである。秋「霧雨」。

【語釈】○紀南　紀伊国《きいのくに》（現在の和歌山県。「紀州」とも）の南側。○玉津島　玉津島神社。現在の和歌山市和歌浦にある神社。古来、和歌の神としてあがめられた。○霧雨　霧のように細かく降る雨。○衣通姫　玉津島神社の祭神の一人。『古事記』や『日本書紀』に登場する伝説上の女性。その美しさは衣を通して光り輝いていたという。それが名前の由来になっている。

高野山にて

二一八　しんしんたる山はいろはのはじめ哉《かな》　（『素堂家集其一』享保6）

【句意】樹木が生い茂った山は木の葉が色づき始めている。色づき始めたことをいう「色葉」に「いろは歌」の最初の「いろは」を言いかけた。『詩経』の「周南」に収められている「桃の夭《よう》々たる、その葉は蓁《しん》々たり」という文句を踏まえた句。秋「いろは」。

【語釈】○高野山　現在の和歌山県北部にある山。弘法大師が建立した金剛峰寺《こんごうぶじ》の所在地。金剛峰寺の山号でありまた山全体の名称。信仰の山として有名。宗派を問わず遺骨を高野山に納めるのが慣習になっていた。○しんしんたる　樹木が高く深く生い茂った様子。

丹陽のはしだてにまかりける頃《ころ》、大江山をこゆるとて

二一九　ふみもみじ鬼すむあとの栗のいが　（同）

【句意】踏まないようにしよう、鬼がすんでいたというこの山のクリのいがを。クリのいがを踏んで足を傷つけないようにしようというのである。秋「栗」。

【語釈】○丹陽　丹後国《たんごのくに》（現在の京都府北部）。○はしだて　京都府宮津市の天《あま》の橋立《はしだて》。有名な観光地で日本三景の一つ。丹後国の歌枕。○大江山　丹後国の大江山。天の橋立に近い。酒呑《しゅてん》童子という鬼が住んでいたという伝説がある。○ふみもみじ　『百人一首』の小式部内侍《こしきぶのないし》の和歌「大江山いく野の道の遠ければまだふみもみず天の橋立」によ

る。「文もみず（手紙を見ていない）」を「踏みもみじ（踏まないようにしよう）」ともじる。なお小式部内侍の和歌の「大江山」は、丹後国の大江山ではなく、丹波国《たんば》（現在の京都府と兵庫県にまたがる地域）の山だという説がある。素堂は同じ山だと思っていたのであろう。

はしだて

二二〇　月夜よし六里の松の中ほどに　（同）

【句意】月夜が美しい、六里も続く松林の中程で眺めると。秋「月夜」。

【語釈】○はしだて　天の橋立。二一九の句参照。○月夜よし　『古今集』のよみ人知らずの和歌「月夜よし夜よしと人につげやらば来てふ《こちょう》に似たり待たずしもあらず」によった。○六里の松　六里にわたって続いている天の橋立の松林。標準的には三十六町を一里（約四キロ）とするが、天の橋立の場合は六町を一里として換算されている。距離の換算については全国で完全に統一されていたわけではない。

宮津《みやづ》のやどりにて

二二一　浦島が鰹《かつお》は過《すぎ》ぬ鰤《ぶり》いまだ　（同）

【句意】浦島太郎が釣っていたカツオのシーズンは過ぎたが、ブリのシーズンはまだやってこない。海に面した宮津にいるのにカツオもブリも賞味できないことを嘆いた句。カツオのシーズンは夏でありブリのシーズンは冬である。

秋「句意による」。

【語釈】〇宮津　現在の京都府宮津市。港町でもあり天の橋立のある観光地でもあったから、江戸時代には大いに栄えた。〇やどり　宿泊しているところ。〇浦島　浦島太郎。助けたカメに案内されて竜宮城《りゅうぐうじょう》を訪れたという伝説上の人物。御伽草子《おとぎぞうし》『浦島太郎』で有名になった。彼は漁師であったからカツオも獲ったであろうと想像したのである。天の橋立の近くに浦島太郎をまつった神社があったという。

勢州《せいしゅう》山田がはらにて

二二二　ほととぎすかたじけなさやもらひ《い》なき

（『素堂家集其一』享保6）

【句意】ホトトギスが鳴いた、その瞬間ありがたさに思わず涙を流した。『新古今集』の西行の和歌「聞かずともここをせにせむ《ん》ほととぎす山田が原の杉のむらだち」と、西行の和歌と伝えられて『西行法師集』に載る「何事のおはし《わ》ますかは知らねどもかたじけなさに涙こぼるる」を踏まえた句。「何事の」の和歌は伊勢神宮で詠まれたといわれている。夏「ほととぎす」。

【語釈】〇勢州　伊勢国《いせのくに》（現在の三重県）。〇山田がはら　現在の三重県宇治山田市。伊勢神宮外宮《げくう》の所在地。西行は一時伊勢の二見浦《ふたみがうら》の草庵に住んだ。〇かたじけなさ　ありがたさ。神仏に対する畏敬の念。〇もらひなき　他人が泣いているのにつられて泣くこと。ここは泣く原因もないのに自然に涙がでること。

【備考】芭蕉も伊勢山田で、「何事のおは《わ》しますかは知らねども」の和歌を踏まえて、「何の木の花とはしらず匂哉《においかな》」と詠んでいる。

小仏峠《こぼとけ》にて

二一三　山窓や江戸を見ひらく霧の底　（同）

【句意】山の切れ目から江戸の町が見えている、霧の底で。霧の下の方が晴れて小仏峠から江戸の町が見えたのである。秋「霧」。

【語釈】○小仏峠　現在の東京都八王子市の西部と神奈川県相模原市緑区相模湖町の境にある峠。甲州街道の峠。○山窓　山の間から見える光景。○見ひらく　視界が開けることをいうのであろう。

【備考】原本の注によれば、この句から二一八までの六句は素堂の『甲山《こうざん》紀行』中の句である。「甲山」は素堂の故郷甲斐国《かいのくに》（現在の山梨県）を指す。

勝沼、昼の休《やすみ》す。此所《この》あふ《お》げば天目山《てんもくざん》、臥《ふし》て見れば一里ばかりの間、みな葡萄《ぶどう》のみなり。

二一四　下ぐる心の栗鼠《りす》やぶどう棚《だな》　（同）

【句意】下をくぐって進むとリスになったような気持ちだ、ブドウ棚では。ブドウ棚の下を腰をかがめて歩いていると、自分がリスになったような気持ちになるというのである。秋「ぶどう棚」。

【語釈】○勝沼　現在の山梨県甲州市勝沼町。江戸時代は甲州街道の宿場町として発展。江戸時代から甲州ブドウの中心産地として知られた。○天目山　山梨県中東部の山。織田信長らによる甲州征伐で武田勝頼《かつより》は戦いに負けて、この山のふもとで自刃《じじん》した。

伊沢川《いさわがわ》、日上人《にちしようにん》の一石《いつせき》に一字書《かき》つけてながし玉ふ《う》も、拾《ひ》ひつくして求るによしなし。

二二五　さびたりとも鮎《あゆ》こそまさめただの石　（『素堂家集其二』享保6）

【句意】さびているとはいえアユを捕まえる方がよい、ただの石を探すよりは。日蓮《にちれん》が名号《みようごう》を一字ずつ書いて流した石を探すより、アユを探して捕まえた方がよいというのである。謡曲「鉢木《はちのき》」の「錆《さ》びたりとも長刀《なぎなた》をもち」という文句を踏まえた。秋「さび鮎」。

【語釈】○伊沢川　現在の山梨県を流れる石和川の当て字。○日上人　日蓮上人。鎌倉時代の僧。日蓮宗の開祖。石和川の殺生禁断の場所で鵜飼《うかい》をしていた人物の亡霊に会い、彼を成仏させるために「南無妙法蓮華経」という日蓮宗の名号を一字ずつ石に書いて川に流したという伝説がある。この伝説は謡曲「鵜飼」に取り入れられている。○よしなし　方法がない。○さびたり　サビアユをいう。秋の産卵期に鉄さびのような色になったアユ。「落ち鮎」とも。○まさめ　まさっているだろう。「ます」の未然形に推量の助動詞「む」の已然形が付いた形。

翌日甲斐《かい》の府へ帰路の吟

二二六　蔕《ほぞ》おちの柿のおときく深山哉《かな》　（同）

【句意】へたを残して落ちたカキの音が聞こえるよ、奥深い山の中では。熟したカキが自然に落ちる音が聞こえるほど静かなのである。秋「柿」。

【語釈】〇甲斐の府　甲斐国《かいのくに》（現在の山梨県）の国府。甲府。甲州街道の最大の宿場町。現在の甲府市。素堂の親族が住んでいた。〇蔕　カキやナスなどのがく。食べるときは捨てられる。「へた」とも。素堂自選『とくとくの句合』では「ほぞ落の」と仮名書き。

重九《ちようきゆう》の前一日かつしかの草庵に帰りて

二一七　旅ごろも馬蹄《ばてい》のちりや菊がさね　（同）

【句意】旅の衣服もウマのひずめが巻き上げる塵で汚れている、明日は重陽の節句だ。素堂が故郷の甲斐国から江戸に戻ったときの句である。秋「菊がさね」。

【語釈】〇重九　九月九日の重陽の節句。ここは「菊がさね」の重陽の節句だから、元禄十二年（一六九九）の閏《うるう》九月九日であろう。〇かつしか　武蔵国《むさしのくに》葛飾郡。素堂の住まいがあった深川は葛飾郡に含まれる。本書巻末の「あとがきにかえて―素堂の住まい」参照。〇菊がさね『大辞典』や『江戸時代語辞典』の説明に従い、閏《うるう》九月と考えておく。陰暦ではほぼ三年に一度閏月があり、閏月がある年は十三か月で一年となる。

二一八　我を客にわれに礼ありはつ茶湯《ちやのゆ》　（同）

【句意】私自身を客として礼儀を尽くして正月の茶の湯を楽しみます。自分一人で正月の茶の湯を楽しもうというのである。春「はつ茶湯」。

【語釈】○礼　茶会の儀礼。茶会では特に礼が重んじられた。桑田忠親編『茶道辞典』によれば、現在の礼儀作法の根源は茶道の礼法にあるという。○はつ茶湯　新年の茶会。「茶の湯」は抹茶をたてて人をもてなすこと。現在の茶会。

【備考】高木蒼梧《そうご》著『俳諧人名辞典』の「素堂」の項に「茶道を今日庵宗旦《こんにちあんそうたん》に学んで今日庵三世をつぎ」と記されている。これを裏付ける資料はないが、素堂の境遇から考えて彼が茶道に深いたしなみがあったことは確実である。

両国橋の帰雁《きがん》といふ《う》題にてある人発句《ほっく》をのぞみけるに

二二九　水緑に白魚あきらかなり雁《かり》しばし　（『素堂家集其一』享保6）

【句意】隅田川《すみだがわ》の水は緑に澄んでいてシラウオがはっきり見える、上空にはカリの姿がしばらくの間見えた。前書きにあるように「両国橋の帰雁」という題で詠んだ句である。作意をこらさず見たままを詠んだ句であろう。春「白魚」。

【語釈】○両国橋　隅田川に架けられている橋。万治二年（一六五九）に初めて架けられたという。かつては隅田川の西側は武蔵国《むさしのくに》（現在の東京都・埼玉県・神奈川県の一部）、東側は下総国《しもうさのくに》（現在の千葉県）で、二つの国の間に架けられたという意味で両国橋という。ただしこの橋が架けられたころは隅田川の東側の一部も武蔵国に編入されていた。素堂の住まいは両国橋の東側の深川にあった。○帰雁　春になって北の方に帰ってゆくカリ。春の季語。○発句　現在の俳句。○白魚　生きているときは半透明の小魚。隅田川の名産。春の季語。

予が「茶の花や利休が目には」といふ《う》句を見て、不角《ふかく》「餅花《もちばな》や鼠《ねずみ》が目にはよしの山」といへ《え》り。それによつてまたいふ《う》。

二三〇　二朱花《にしゅばな》や揚屋《あげや》の目にはしぼみ咲《さく》　（同）

【句意】二朱の下級女郎は揚屋の主人の目にはしぼみながら咲いているように見えるだろう。春「二朱花」。

【語釈】○茶の花や　二八の句参照。○不角　江戸の有名な俳諧師《はいかいし》。宝暦《ほうれき》三年（一七五三）没、九十二歳。ただし「餅花や」の句は其角《きかく》の句集である『五元集《ごげんしゅう》（拾遺）』に見える。「不角」は「其角」の誤りか。其角は江戸の人、芭蕉の門人で元禄時代を代表する俳諧師。○二朱　江戸時代に通用の金貨。一両の八分の一。元禄十年（一六九七）に発行された。また揚代《あげだい》（遊女をよんで遊興するときの料金）が二朱の下級遊女のこと。ここはその意味。「二朱花」は遊女を花に見立てた素堂の造語であろう。この句ではこの言葉が季語。○揚屋　遊女をよんで遊興する店。ここはその経営者。

二三一　蓮《はす》に蛙《かわず》の上《のぼ》りたる絵に

蓮に蛙鶯宿梅《おうしゅくばい》のこころかよ　（同）

【句意】ハスの葉の上にカエルがいる、鶯宿梅の上にいるような気持ちなのだろうか。画賛《がさん》（絵に添えた作品）の句であり実景ではない。ハスの葉の上にいるカエルを、鶯宿梅の枝に止まっているウグイスに見立てたのである。春「蛙」。

【語釈】○鶯宿梅　ウメの木に付けられた名前。村上天皇が紀貫之《きのつらゆき》の娘の家のウメの木を宮中に植え替えさせた際、貫之の娘が詠んだ「勅《ちょく》なればいともかしこしうぐひ《い》すの宿はとはば《わ》いかが答へ《え》む《ん》」という和歌が天皇の心を動かし、この木を元に戻したという故事に基づくウメの木。

二三二　夕だつや石山寺の銭のおと
　石山寺《いしやまでら》の開帳の頃《ころ》詣《もうで》侍《はべ》りて
（『素堂家集其一』享保６）

【句意】夕立が降ってきた、石山寺では銭の音が響いている。賽銭《さいせん》を投げる音が聞こえてくるのである。たまたま素堂が京都に滞在していたときに石山寺のご開帳があったのである。夏「夕だつ」。
【語釈】○石山寺　現在の滋賀《しが》県《けん》大津市石山寺にある真言《しんごん》宗の寺。紫式部が『源氏物語』を書いた寺として有名。また「石山の秋月」は近江八景の一つ。二〇四の句参照。○開帳　寺院でふだん公開していない本尊の仏像などを公開すること。年中行事事典『日次紀事《ひなみきじ》』の「石山寺観音開帳」の項に、「およそ新帝即位の後多くは開帳、また三十三年をへてもまたしかり」と記されている。○夕だつ　夕立つ。夕立が降ること。和歌に用いられた。

二三三　朝がほ《お》は後《ご》水《みずの》尾《お》様の御製《ぎょせい》かな
　予が母君、七そぢ《じ》あまり七つのころ、七月七日にしたしき友七人をまねき、万葉集秋の七草を各《おのおの》一草《ひとくさ》づ《ず》つ詠じけるに、あるじ朝がほ《お》をさぐりあたりて、
（同）

【句意】アサガオは後水尾天皇がお詠みになった由緒ある花だ。恐れ多くもその花を私が発句に詠むことになりまし

た。素堂の母の喜寿（七十七歳）のお祝いの句。友人たちを含めて七人で秋の七草を一つずつ詠んで、素堂の母の長寿を祝ったのである。句会のメンバーについては一三七の句参照。秋「朝がほ」。

【語釈】○秋の七草　『万葉集』に収められている山上憶良《やまのうえのおくら》の和歌「萩《はぎ》が花尾花《おばな》くず花なでしこの花をみなへ《え》しまた藤袴《ふじばかま》朝顔の花」を指す。この中に秋の七草がすべて詠みこまれている。○後水尾様　江戸時代初期の天皇。寛永《かんえい》六年（一六二九）に譲位《じょうい》して上皇《じょうこう》（院）となる。風雅を愛した人として知られ、江戸時代に書かれた随筆『耳嚢《みみぶくろ》』に「後水尾院は近代の歌仙とも申しけるよし」と記されている。○御製　天皇や皇族の人が作った文章や作品。

二三四　名月に明星ばかり宿直《とのい》かな　（同）

【句意】名月の明かりの中で明星だけが宿直の役を務めているよ。ほかの星は名月の明かりで光を失っているが、明星だけが光り輝いているのである。それを明星だけが夜の務めを果たしているといいなした。秋「名月」。

【語釈】○名月　八月十五日の仲秋《ちゅうしゅう》の名月。一年でもっとも月が明るく輝く。○明星　ひときわ明るく輝く星として知られている金星の異名。○宿直　江戸時代には、夜間に主人を警護をするために城中に泊まることをいうのが一般的。宿直の当番になった人は一晩中寝ないで務める。

投椎木堂《しいのきどうにとうず》

むさしと、しもつふさの中に流たる川のほとりに、すみ所求《もとめ》てすむ人あり。川むかひ《い》に年経たる椎《しい》の木あり。是《これ》に月のうつるけしき、たやすくいひ《い》がたし。ちかきわたりに、牛頭山《ごずさん》・すみだ川もまた遠からず。まつち山もはひ《い》わたるほどにして、入《いり》くる人にその心をのべしむ。予も万葉御代《みよ》のふるごとを旅ごこちして

二三五　椎の葉にもりこぼしけり露の月　（『素堂家集其一』享保6）

【句意】シイの葉に盛りきれずこぼしてしまいました、月に照らされている露を。『万葉集』の有間皇子《ありまのみこ》の和歌「家にあれば笥《け》にもる飯《いい》を草枕旅にしあれば椎の葉にもる」を踏まえた。あなたのお住まいのすばらしい環境は発句ではとても言い尽くせません、というのである。秋「露・月」。

【語釈】○投　「とうず」と読む。宿泊すること。○椎木堂　素堂の知人の住む庵《いおり》であろう。ただしこの知人がだれか不明。○むさし　武蔵国《むさしのくに》。現在の東京都全域と埼玉県・神奈川県の一部。○しもつふさ　「しもうさ」とも。下《しも》総国《うさのくに》。現在の千葉県・茨城県。○川　ここは利根川。○牛頭山　未詳。隅田川のほとりの橋場村の鎮守であった牛頭天王《ごずてんのう》神社があった所をいうか。『東都歳時記』によると、橋場村は夏はクイナが冬にはチドリが鳴くことで知られていたようである。○まつち山　待乳山。「真土山」とも。現在の東京都台東区浅草にあり、もとは小高い丘。隅田川右岸にある。聖天宮《しょうてんぐう》があり江戸人の行楽の地であった。○はひわたるほど　きわめて近いこと。『源氏物語』に須磨と明石が近いことを「はいわたるほど」と記されている。○椎　ブナ科シイノキ属の植物の総称。実は食べられる。○露の月　月に照らされた露をいうのであろう。素堂の造語であろう。

【前書き大意】武蔵国と下総国の間を流れる利根川のほとりに、住まいを求めて住んでいる人がいる。川の向かい側

に年数を経たシイの木がある。これに月の光が差す景色は簡単に言えないほどすばらしい。近くには牛頭山や隅田川がある。待乳山も歩いてすぐのところにあり、ここに住んでいる人がこの眺めの感想を求める。私も『万葉集』時代の古歌を思い出し旅をしているような思いをこめてこの句を作った。

二三六　さび鮎《あゆ》も髭にふれずや四十年　(同)

大井川のほとりにある老翁《ろうおう》、髭《ひげ》の長きこと尺にあまれり。いくばくその年をかさねてかくのごときと問《とい》ければ、我世《われ》にすむ事四十年、髭もまた同年なりと答ふ《う》。

【句意】サビアユを食べるときに髭が邪魔《じゃま》にならなかっただろうか、四十年の間。四十年間も伸ばし続けた髭が邪魔になって、アユが食べにくかっただろうと想像したのである。秋「さび鮎」。

【語釈】〇大井川　現在の静岡県を流れる大河。東海道最大の大河で江戸時代に橋が架かっていなかった。大きなアユがとれることで知られていた。〇いくばく　どのくらい。〇世にすむ　世の中を生きてゆく。成人して独立して暮らしてゆくこと。〇さび鮎　秋の産卵期に鉄さびのような色になったアユ。「落ち鮎」とか「下《くだ》り鮎」とも。

二三七　尾花《おばな》かくす孫彦《ひこ》ぼしやけふ《きょう》のえん　(同)

田中八太夫《はちだゆう》といふ七十《うななそじ》ぢあまりの翁《おきな》、素堂がたらちめの賀をふみ月七日にいはひ《わい》たるをうらやみて、ことし七夕になんいはひ《わい》て、素堂にもことばあらん事をのぞみたるに、よみてあたふ《う》。

【句意】尾花が覆い隠しているよ孫やひ孫を、今日の宴会で。長寿の祝いを兼ねた七夕祭りの宴会で田中八太夫を尾花にたとえて、彼が多くの孫やひ孫に恵まれていることをことほいだ句。秋「尾花・彦ぼし」。
【語釈】○田中八太夫　素堂の知り合いであろうが未詳。○たらちめ　母親。ここは素堂の母親。元禄五年（一六九二）の七夕の日に、素堂は母親の七十七歳の喜寿《きじゅ》を祝う祝賀会を催している。一三七の句参照。○尾花　ススキの穂。先端の白くなっている部分を老人の白髪に見立てたのである。○彦　孫の子供。ひ孫。七夕の縁で「彦ぼし」をかける。○彦ぼし　彦星。牽牛星《けんぎゆうせい》の異称。七月七日の七夕の夜に一年に一度だけ織女星《しよくじよせい》と会うことができる。

かぢ《じ》の葉のかたちして色紙《しきし》のやうなるが、なかばより折《おり》て、いろどりなどあるにかきつけるをうつす。

二三八　地下《じげ》におちて風折《かざおり》ゑ《え》ぼしなにの葉ぞ

（『素堂家集其一』享保6）

【句意】地面に落ちて風折烏帽子のような形をしている、これは何の葉であろうか。地面に落ちた木の葉が風折烏帽子のような形をしているのである。「地下」と「風折ゑぼし」は縁語。冬「句意による」。
【語釈】○かぢの葉　カジノキの葉。古くは七夕祭りのときにこの葉に詩歌などを書いて供えた。カジノキは桑科の落葉高木。樹皮は紙の原料となった。○色紙　和歌や俳句などを書く染色した四角形の紙。○地下　地面。また下級公家《くげ》。ここは二つの意味をかける。○風折ゑぼし　風折烏帽子。上の部分を左または右に斜めに折った烏帽子。元来、立《たて》烏帽子は殿上人《てんじようびと》のかぶり物で、風折烏帽子は地下人《じげにん》や武士のかぶり物だった。中世以降、殿上人も普段着には用いた。
【備考】原本によれば、この句の前書きは出典の『素堂家集』の編者子光《しこう》が付したものであろうという。素堂のこの句は、カジノキの葉のような形をした色紙に書かれていたようである。

歳暮《せいぼ》

（二三九）　世は鳴戸《なると》暦はづ《ず》れに渦もなし　（同）

【句意】世間では年末になると鳴門の渦潮のようにあわただしくなるが、世間の慣習と無縁の自分は、いつも通りおだやかに暮らしている、というのである。冬「句意による」。

【語釈】○歳暮　年末。正月用の品物を買う人や、借金取りなどがあわただしく行き交う時期である。○世は鳴　世には鳴る。世間で評判の。世間でよく知られている。これに「鳴戸（鳴門）」をかける。○鳴戸　鳴門。徳島県鳴門市の北東部と淡路島の南西部との間にある海峡。鳴門の渦潮として有名。○暦はづれ　暦に外れている。世間の慣習に従わないことをいうのであろう。

【備考】素堂自選『とくとくの句合』に「鳴戸磯渦まく暦くれはやし」という句が収録されている。原本の注によると、この『とくとくの句合』の句と、別人が作った二三九の句が混同されて、二三九の句の方が素堂の作として広まったようである。『とくとくの句合』の句も年末のあわただしさを鳴門の渦潮にたとえたものである。

ふるき夢物がたりに小町が手よりこがねを得たるためし、八雲《やくも》の御抄《みしょう》に申させ玉へ《え》ば、それにならべんもをこ《お》がましけれど、折ふし口切《くちきり》のころなれば、おもひ《い》ねの枕に

二四〇　はつむかし霜の芭蕉のたもとより　（同）

【句意】初昔が出てきた、霜が降りたバショウのたもとから。植物のバショウに俳人の芭蕉をかける。前書きによれば夢の中の情景である。冬「霜」。

【語釈】○小町　小野小町。平安時代を代表する女流歌人として有名。逸話が多い。○八雲の御抄　鎌倉時代の歌学書『八雲御抄』。第八十四代の天皇順徳院（天皇の位を退いて院となる）の著書。この中に順徳院が夢の中で小町からこがねを渡された話がある。○をこがまし　思い上がっていること。○口切　夏から封をして保存していた新茶を使って初冬の十月に茶会を行うこと。○おもひね　思い寝。恋しい人などを思いながら寝ること。○はつむかし　茶摘みの最初の日に摘んだ葉茶で製した抹茶。高級品。○芭蕉　夏から秋にかけて大きな葉を広げる植物。俳人芭蕉はこの植物の名を自分の俳号とした。

二四一　瓢枕《ひさごまくら》宗祇《そうぎ》の蚊屋はありやなしや　（『とくとくの句合』享保20）

【句意】風流なヒサゴ枕がありますね、宗祇の蚊帳はあるでしょうかどうですか。風流な枕が用意されているから、風流な蚊帳もあるでしょうという意味である。夏「蚊屋」。

【語釈】○瓢枕　ヒョウタンを加工して作った枕であろう。「瓢」はヒョウタンのこと。○宗祇の蚊屋　風流であることを自慢すること。風流心を示すもの。ある連歌師が宗祇と同じ蚊帳に寝たという自慢話をしたことから生まれた言葉。○ありやなしや　あるかどうか。『伊勢物語』九段の和歌「なにしおはばいざこと問はむ都鳥我が思ふ人はありやなしやと」による。この和歌の「ありやなしや」は無事でいるかどうかという意味である。

【備考】原本によれば祇空《ぎくう》を訪ねたときに彼に贈った句。祇空は宗祇を慕い、自分の号に宗祇の号の「祇」の一字を用いた。一八五の句参照。

二四二　とくとくの水まねかば来《き》ませ初茶湯《はつちやのゆ》　（同）

【句意】とくとくの水も湧き出ています、招いたら来てください、新年初めての茶会に。自分の住まいの近くにある清水を「とくとくの清水」に見立てたのである。春「初茶湯」。

【語釈】○とくとくの水　西行が吉野に住んだころ、その庵《いおり》の近くにあった清水。「苔《こけ》清水」「とくとくの清水」などと呼ばれている。この清水を詠んだ西行の「とくとくと落つる岩間《いわま》の苔清水くみほす程もなき住まいかな」という有名な和歌があるが、この和歌は信頼できる歌集には見えず、管見《かんけん》の限りでは寛文《かんぶん》十一年（一六七一）の跋文《ばつぶん》がある『吉野山独《ひとり》案内』が初見である。○来ませ　おいでください。○初茶湯　新年最初の茶会。「初釜《はつがま》」とも。

二四三　胴をかくし牛の尾戦《そよ》ぐ柳哉《かな》　（同）
西国下《さいごくくだ》りの比《ころ》、周防《すおう》・長門《ながと》の間の堤に大木の柳ありけるを

【句意】胴体が木の陰に隠れて、ウシの尾だけがはみ出してゆれ動いているよ、何とも大きなヤナギの木だ。ウシが一頭すっぽりと隠れてしまうほどの大きなヤナギの木を見たのである。『荘子《そうじ》』「人間世篇《じんかんせいへん》」にウシを覆い隠すほどの大木に関する話がある。これを踏まえた句。『荘子』は奇抜なたとえ話が面白く当時広く読まれた。春「柳」。

【語釈】○西国下り　西の国に行くこと。特に九州方面に行くことをいう。○周防　周防国。現在の山口県の一部。○長門　長門国。周防国と長門国が合して現在の山口県になった。

二四四　筬《おさ》の音目を道びくや薮《やぶ》つばき　（『とくとくの句合』享保20）

【句意】おさの音が聞こえるのでその方向を見るとヤブツバキが咲いていた。おさの音が目をヤブツバキの方に導いてくれたのである。夏「薮つばき」。

【語釈】○筬　布を織る機《はた》織り機《き》に使う道具の一つ。織るときに横糸の目を詰めるために用いる。○薮つばき『図説大歳時記』にはネズミモチの花の異名としてあげる。ネズミモチの花は山地に自生するモクセイ科の常緑小高木だという。江戸時代初期の歳時記『毛吹草《けふきぐさ》』や『増山井《ぞうやまのい》』には四月の季語として立項する。

二四五　谷川に翡翠《ひすい》と落《おつ》る椿《つばき》かな　（同）

【句意】谷川にカワセミと共に落ちたよ、ツバキの花が。ツバキの花はほかの花のように花びらがはらはら散らないで、一つの花がそのまま落ちる。ツバキの花を追うように、カワセミが小魚をねらって一直線に水面に飛び降りたのである。春「椿」。

【語釈】○翡翠　宝玉の一つだがここはカワセミの異名。カワセミは宝玉の翡翠のように美しい小鳥である。カワセミは一年中見られる鳥だが、『毛吹草《けふきぐさ》』や『増山井《ぞうやまのい》』などでは秋八月の季語とする。江戸中期以後の歳時記では夏の季語とする。この句では無季の扱い。

二四六　是《これ》つらよよし野の花に三日寝て
　　　　大和《やまと》めぐりせし頃《ころ》よしの山にて　　　（同）

【句意】平凡な美的感覚しかない自分では、吉野のサクラのもとに三日寝てもまだその美しさを十分理解できない。春「花」。

【語釈】○大和めぐり　大和国《やまとのくに》の名所を巡り歩くこと。「大和国」は現在の奈良県。○よしの山　奈良県の吉野山。古来有名なサクラの名所。○是つら　この程度。ここはすぐれた能力の無い平凡な人をいう。みずからを「是つら」と卑下したのである。

二四七　いつか花に小車《おぐるま》と見む茶の羽織
　　　　ばせを行脚《しょう》に出《いで》て久しく帰らざりしころ　　　（同）

【句意】いつかサクラが咲くころ、小車と共に姿を見せるだろう、茶の羽織を着て。旅に出ている芭蕉がサクラの咲くころに江戸に戻ってくるだろう、というのである。春「花」。

【語釈】○ばせを　芭蕉。芭蕉自身仮名書きの署名には「はせを」と記している。○行脚　旅。「ばせを行脚」は元禄二年（一六八九）の『おくのほそ道』の旅であろう。○小車　小さな車。楠元六男編『芭蕉と素堂』の『とくとくの句合』注釈」によれば、司馬温公《しばおんこう》の「鎮和」という漢詩の「花外《かがい》の小車、なおいまだ来たらず」の中の文句。この詩は友人が小車に乗ってやってくるのを、温公が待ち焦がれている気持ちを詠んでいる。○茶の羽織　芭蕉が常用していた古びて茶色に変色した羽織。一三九・一九三の句参照。

福原

二四八　菜畠《なばたけ》の爰《ここ》が左近《さこん》のさくらかよ　（『とくとくの句合』享保20）

【句意】菜畑になっているここが、かつて左近のサクラが植えられていた皇居の跡だろうか。春「菜畠」。

【語釈】○福原　現在の兵庫県神戸市兵庫区・中央区付近の地の古称。平清盛《たいらのきよもり》はここに皇居を移し新しい都を建設しようとしたが失敗した。○左近のさくら　京都の皇居の紫宸殿《ししんでん》の南階段下の東側に植えられていたサクラ。福原の新しい皇居に左近のサクラはなかったであろう。素堂の想像である。

二四九　朝虹やあがる雲雀《ひばり》のちから草　（同）

【句意】明け方の空に虹が架かっている、舞い上がるヒバリを力づけるように。春「雲雀」。

【語釈】○朝虹　朝の間に出る虹。江戸時代には「朝虹が立つと大雨になる」ということわざがあったようだが、このようなことわざがいつごろ生まれたのか不明。○ちから草　力を与えてくれるもの。

二五〇　夕風に見失《う》しなふまでは雲雀哉《かな》　（同）

【句意】夕方の風が吹いて見失うまではヒバリだった。空中に舞っていた鳥の姿が夕方の風が吹くころに見えなくなったが、空に舞っていたのはたしかにヒバリだったというのである。素堂自選『とくとくの句合』の自注において「何の手もなくてよろし」と記されている。何ら作意がないところにこの句のよさがあるというのである。春「雲雀」。

【備考】『とくとくの句合』の九番の句で、二四九の句が左、この句が右である。

二五一　村雨につくらぬ柘植《つげ》の若葉かな　（同）

【句意】村雨に濡れているよ、特に形を整えようとしないツゲの若葉が。放置したままになっているツゲの葉に村雨が降っている情景である。素堂自選『とくとくの句合』の自注に、「柘植はおかしくつくる物のようになり来たる」と記されているから、当時ツゲの枝ぶりを整えて美しい形にすることが流行していたのであろう。夏「若葉」。

【語釈】〇村雨　にわか雨。『百人一首』の寂蓮の和歌「村雨の露もまだひぬまきの葉に霧立ちのぼる秋の夕暮」は当時は誰でも知っていた有名な和歌であり、素堂はこの和歌を踏まえているのであろう。スギやヒノキが村雨に濡れている情景も風情があるが、ツゲの若葉が村雨に濡れている風情も捨てがたいというのであろう。〇柘植　現在は「黄楊」と書くのが一般的。ツゲ科の常緑小高木。葉が密に茂って美しいので庭木や生け垣にされた。木質は固く、印材・くし・将棋の駒などに加工された。

瀬田

二五二　水や空うなぎの穴もほし蛍　（『とくとくの句合』享保20）

【句意】水か空か区別がつかないよ、ウナギの穴を探しまわる人たちの松明《たいまつ》の明かりが星やホタルのようだ。多くの人が夜の瀬田川でウナギを探し回る情景を詠んだ。夏「蛍」。

【語釈】○瀬田　現在の滋賀県大津市の地名。瀬田と石山寺の間に蛍谷というところがあり、ホタルの名所として知られていた。貝原益軒《かいばらえきけん》の『東路記《あずまじのき》』に「四月下旬のころ、この谷より夜ごとに蛍おびただしく飛び出《い》でて、橋の南北にとびちり、数万の蛍、また一所にあつまり」と記されている。また俳諧辞書『類船集《るいせん》』にはウナギの付合語《つけあい》として勢多《せた》（瀬田）を挙げているから、瀬田川はウナギの獲れる所として知られていたのであろう。○水や空　水面と空とが区別できないこと。『新後拾遺集《ごしゅうい》』のよみ人しらずの和歌「水やそら空や水とも見え分かず通ひ《い》て澄める秋の夜の月」に由来する言葉。この「水やそら」の和歌は藤原清輔《ふじわらのきよすけ》の歌論書『袋草紙《ぞうし》』（『清輔袋草紙』とも）に見える。同書は貞享二年（一六八五）の二月に出版されているが、同年六月に出版されたその簡略版の『清輔雑談集《ぞうだん》』にも、この和歌が収録されている。素堂が「水やそら」の和歌を見たのはこの二種の版本のいずれかであろう。

比叡山《ひえいざん》の絶頂にて

二五三　山すずし京と湖水と眼《まなこ》三《み》つ　（同）

【句意】比叡山の山頂は涼しい、京都と琵琶湖が一望のもとに見渡せる絶景は眼を三つにして見たいものだ。夏「すずし」。

【語釈】○比叡山　京都府と滋賀県の県境にある山。最澄《さいちょう》が創建した延暦寺《えんりやくじ》の所在地で著名な霊場。○湖水　琵琶湖。○眼三つ　左右の肉眼と心の中にある心眼。合わせて三つ。

二五四　千鳥聞《きき》し風の薫りや蘭奢待《らんじやたい》　（同）

【句意】冬にチドリを聞いた場所に初夏の風の薫りがただよっている、これは蘭奢待の薫りであろうか。素堂自選『とくとくの句合』の自注に、室町幕府八代将軍の足利義政《あしかがよしまさ》が鴨川《かもがわ》へチドリを聞きに出た際に、千本《せんぼん》の道貞《どうてい》という者も袖に蘭奢待をたきしめてチドリを聞きにきており、二人は袖香炉《そでごうろ》（携帯用の小型の香炉）を交換したというエピソードが記されている。このエピソードを踏まえた句。夏「風の薫り」。

【語釈】○千鳥　多くの種類があるが、日本では冬に哀調を帯びた声で鳴く小型の鳥として知られており、その声は冬の風物詩になっている。冬の季語だがこの句では無季。○風の薫り　初夏の青葉を吹いてくる風がもたらす薫り。「薫風《くんぷう》」という熟語にもなっている。夏の季語。○蘭奢待　法隆寺の正倉院に御物《ぎよぶつ》として伝わった香木《こうぼく》。

【備考】「千鳥」と「風の薫り」の二つの季語があるが、「風の薫り」がこの句の季語となる。

二五五　三日月をたはめて宿す薄《すすき》かな　（同）

【句意】三日月をみずからもたわんだ形をして宿しているよ、ススキは。三日月の光が先端が垂れ下がったススキの穂に差している光景。三日月もススキも弧を描いたようにたわんでいるのである。秋「三日月・薄」。
【語釈】○たはめて　弧をえがいたように曲がること。○宿す　宿泊させる。転じて光などを映しとどめること。

二五六　袖みやげ今朝落しけり野路《のじ》の月

むさしのの月見にまかりてかへ《え》るさに

（『とくとくの句合』享保20）

【句意】手土産を持参しましたが、今朝落としました、手土産というのは野原の道で見た月のことです。月の眺めのすばらしさを手土産にしたいと思ったが、夜明けとともにその眺めは消えてしまった。そのことを落としたと言ったのである。秋「月」。
【語釈】○むさしの　武蔵野。関東の広大な草原。二三の句参照。○かへるさ　帰り道。○袖みやげ　袖に入れて持参するような手軽な土産。手土産。○野路　野原の道。

二五七　宿に見るもやはり武蔵野の薄哉《かな》

武《む》さし野の薄《すすき》を手折《たお》て、大仏の前に耳かきひろひ《い》し事を思ひ出《いいで》て

（同）

【句意】家に帰ってから周囲のススキを眺めても、これらのススキもやはり武蔵野のススキと同じだ。大平原の武蔵野のススキは普通のススキよりも大きいかと思ったが、自宅の周囲のススキと同じだったというのである。秋「薄」。
【語釈】○武さし野　武蔵野。二三の句参照。○大仏　京都の方広寺《ほうこうじ》の大仏。京都の地誌『京羽二重《はぶたえ》』に方広寺の別

称として「洛陽《らくよう》大仏殿」と記されている。洛陽は京都のこと。其日庵錦江《きじつあんきんこう》の素堂の句の注釈書『白蓮集解説《びやくれんしゆう》』に、「大仏は京の大仏にや。素翁《そおう》（素堂）、那羅《なら》（奈良）に遊ぶの句なし」と記されているが、二四六の句によれば素堂は奈良を訪れている。ただし彼が何度も京都を訪れていることを考慮すると、この句の大仏は京都の方広寺の大仏である可能性が高い。○宿　家。自宅。

【備考】前書きの「大仏の前に」以下の文句は、京都の大仏の前で耳かきを拾ったが大仏にふさわしい特別大きな耳かきではなく、ごく普通の耳かきだったという意味である。

二五八　蓮《はす》の実の泥鷺《どろさぎ》をうつ何ごころ　（同）

【句意】ハスの実が飛んで泥サギに当たった、ハスはサギに何か恨みでもあったのか。秋「蓮の実」。

【語釈】○蓮の実　秋になるとハスの実ははじかれたように飛んで水中に落ちる。○泥鷺　泥水の中にいるサギ。特定の種類をいう言葉ではない。○何ごころ　どのような気持ち。ハスの実がサギに当たったのでハスはサギに何か恨みでもあったのか、と推量したのである。

二五九　蓑《みの》むしの角《つの》やゆづ《ず》りし蝸牛《かたつぶり》　（同）

【句意】ミノムシは自分の角を譲ったのであろうか、カタツムリに。『枕草子』の「虫は」の段に、ミノムシについて「鬼の産みたりければ、親ににてこれも恐ろしき心あらん」と記されている。これを踏まえた句。鬼の子ならば角があるはずだがミノムシに角は無い。これはミノムシが角をカタツムリに譲ったからであろうか、というのである。秋「蓑むし」。
【語釈】○蓑むし　秋になると蓑のような巣にくるまって木の枝にぶら下がっている。鳴かない虫だが、『枕草子』に「八月ばかりになれば、ちちよ、ちちよとはかなげに鳴く」と記されて以来、文学の世界では鳴く虫として扱われている。○蝸牛　江戸時代後期ごろからカタツムリというようになる。

二六〇　有明《ありあけ》も蕣《あさがお》の威に気《け》をされぬ　（『とくとくの句合』享保20）

【句意】有明の月もアサガオの勢いに圧倒されている。有明の月が、咲き出したアサガオの勢いに負けて光を失いつつあるというのである。『とくとくの句合』の自注によれば、人生の栄枯盛衰を有明の月とアサガオに託して詠んだようである。秋「有明・蕣」。
【語釈】○有明　有明の月。明け方まだ空に残っている月。明るくなっていくに従って光が薄れてゆく。○蕣の威　明け方になってアサガオが勢いよく咲き出したこと。○気をされぬ「気押されぬ」で、相手の気持ちに圧倒されること。

二六一　あさがほよおもはじ鶴と鴨のあし　（同）

【句意】アサガオは短時間でしぼんでしまうことを悲しいと思わないだろう、ツルが足の長いことを嘆いたりカモが足の短いことを嘆いたりしないように。『とくとくの句合』の自注によれば、この句は『荘子《そうじ》』外篇《がいへん》「駢拇篇《べんぼへん》」の「梟《かも》の脛《あし》は短しといえども、これを続《つ》げばすなわち憂《うれ》う。鶴の脛は長しといえども、これを断《たた》ればすなわち悲しむ」

という文句を踏まえて作られた。この文句は無為自然を説いた『荘子』の根本思想を示すものとして、当時は広く知られていた。秋「あさがほ」。

忍《しのぶ》の岡のふもとへ家をうつしける比《ころ》

二六二　塔高し梢《こずえ》の秋のあらしより　（同）

【句意】寛永寺の五重の塔が空に高々とそびえている、晩秋の嵐に木の葉が吹き散らされて。秋「梢の秋」。

【語釈】○忍の岡　現在の東京都台東区の上野公園がある地域。当時はこの地域全体が寛永寺の境内。○家をうつしける　素堂は延宝《えんぽう》七年（一六七九）に現在の上野公園の不忍池《しのばずのいけ》のほとりに住まいを移したようである。○塔　寛永寺の五重の塔。現在は上野動物園敷地内にあり、東京都の所有。○梢の秋　九月の異称。九月は晩秋。「こずえ」の「すえ」に「末」をかけている。当時の歳時記では秋の季語とする。

二六三　松陰におち葉を着よと捨子哉《すてごかな》　（同）

【句意】マツの木陰で落ち葉を着て寒さをしのいでほしいと、子供が捨てられている。子供の上に落ち葉が降り積もれば少しは寒さをしのげるだろうという、せめてもの親心を詠んだ。冬「おち葉」。

【語釈】○捨子　生活に困った親が子供を捨てるのである。当時は捨て子を詠んだ句が多い。芭蕉にも「猿を聞く人捨子に秋の風いかに」。

二六四　天《あま》の原よし原富士の中ゆく時雨哉《かな》　　（『とくとくの句合』享保20）

【句意】天の原の下に吉原があり、その吉原から眺めると富士山の中腹を通り過ぎてゆくよ、時雨が。この句では「天の原よし原」が上《かみ》の句で字余りになっており、「天の原」と「よし原」の「原」が語呂合わせになっている。冬「時雨」。

【語釈】○天の原　大空。『百人一首』の阿倍仲麿《あべのなかまろ》の和歌「天の原ふりさけみれば春日なる三笠の山にいでし月かも」によって広く知られていた言葉。○よし原　吉原。東海道の宿場の一つ。ここから富士山の全体を見渡すことができた。現在の静岡県富士市の地名。○時雨　晩秋から初冬に降るにわか雨。また山から山へと移りながら降ることもある。俳諧では冬の季語。

二六五　網さらす松原ばかりしぐれかな　　（同）
三保夕照《みほのせきしよう》

【句意】網を干している松原だけがしぐれているよ。マツの枝に網を掛けて干している情景である。網からぽたぽたと水が垂れているのを時雨に見なしたのである。冬「しぐれ」。

【語釈】○三保　現在の静岡県静岡市の地名。三保の松原は景勝地として有名。○夕照　夕焼け。琵琶湖近辺の名勝地を代表する「近江八景」（二六六の句参照）の一つに「瀬田の夕照」がある。「三保夕照」はそれにならった言い方。○網　魚を捕る網。○さらす　日光に当てる。干す。○しぐれ　晩秋から初冬に降る雨。冬の季語。二六四の句参照。

近江八景《おうみはつけい》の内比良《ひら》の暮雪《ぼせつ》をいふ《う》

二六六　暮おそしつる賀の津まで比良の雪　（同）

【句意】暮れてゆくのが遅い、敦賀《つるが》の港までやってきても比良の雪景色が続いている。雪明かりのせいで日の暮れるのが遅く感じられるのである。冬「雪」。

【語釈】○近江八景　中国の瀟湘《しょうしょう》八景をまねて選ばれた、近江国《おうみのくに》（現在の滋賀県）の琵琶湖に面した八か所の名勝地。「比良の暮雪」はその一つ。○比良　「比良の山」とも。現在の滋賀県高島市から大津市に連なる連山の古称。近江国の歌枕。○暮おそし　日の暮れるのが遅くなってゆく春の夕暮れを表す言葉。ここは雪明かりのせいでほのかに明るい冬の夜の情景。○つる賀　敦賀。越前国《えちぜんのくに》（現在の福井県）の港町で現在の福井県敦賀市。当時は日本海側最大の貿易港であり宿場町でもあった。

二六七　炭窯《すみがま》や猿も朽葉《くちば》もまつも雪　（同）

【句意】炭窯から煙が立ち上っている、サルも落ち葉もマツもみな真っ白な雪に覆われている。冬「炭窯・朽葉・雪」。

【備考】素堂自選『稿本とくとくの句合』（『とくとくの句合』とは別本）に「五色《ごしき》をいう」という前書きがある。「五色」を詠み込んだというのである。炭の黒、サルの尻の赤、朽ち葉の黄、マツの葉の青、雪の白の五色を詠み込んだ技巧的な句である。この五種の色は仏教では特別な色とされている。

二六八　浮葉《うきは》巻葉《まきば》立葉《たちば》折葉《おれは》とはちすらし　（『とくとくの句合』享保20）

【句意】浮き葉、巻葉、立ち葉、折れ葉と変化していく様子は、まことにハスらしい。ハスは素堂がもっとも愛好した花で彼の自宅にはハス池があった。四二の句参照。ハスの生涯を花ではなく葉の変化で描いた句。この句は「蓮《はす》」の題で詠まれた。夏「はちす」。

【語釈】○浮葉　水に浮かんでいる葉。根茎から出たばかりのハスの葉。○巻葉　巻いた状態になっていてまだ開いていないハスの葉。○立葉　一本ずつ茎に支えられて立っているハスの葉。○折葉　折れて破れたハスの葉。○はちすらし　ハスの古語である「はちす」という名詞に、推量を表す助動詞「らし」が接続した形。文法を無視した破格の表現。天和《てんな》年間（一六八一～一六八四）ごろに流行した手法。葉が生え始めてから無くなるまでの様子が、いかにもハスらしいという意味であろう。

二六九　棚橋《たなはし》や夢路をたどる蕎麦《そば》の花　（同）

【句意】棚橋を渡っていると夢の中を歩いているようだ、周りは一面のソバの花だ。ソバ畑の中にある不安定な棚橋を渡っていく情景である。秋「蕎麦の花」。

【語釈】○棚橋　板を並べて固定しただけの手すりの無い橋。○夢路　夢のこと。夢をみることを「夢路をたどる」

という。

二七〇　名をとげて身退《しりぞき》しや西施乳《ふぐ》もどき　（同）

【句意】手柄を立てて名声を得て隠棲《いんせい》することがあれば、フグもどきでも食べて余生を送りたい。冬「西施乳もどき」。

【語釈】○名をとげて　手柄を立てて世に知られること。越王《えつおう》の勾践《こうせん》に仕えていた笵蠡《はんれい》は大手柄を立てたが見返りを求めず、「功成り名遂げて身退《しりぞ》くは天の道なり」と言って越の国を去ったという。このことは『呉越《ごえつ》春秋』に記されているが、林羅山《らざん》が一般向けに書いた教養書『巵言抄《しげんしょう》』にも記されており、一般に広く知られていた。なお越の国を去るとき、笵蠡は絶世の美女といわれた西施《せいし》を一緒に連れて行ったという伝承がある。この伝承を踏まえた句。○西施乳もどき　タイやコチなどの皮をはぎフグのように料理したもの。フグは毒があり当たれば死ぬこともあるが、フグもどきにはその心配は無い。「西施乳」はフグの当て字。「西施乳もどき」は季語にはならないが、フグが冬の季語なので素堂はこれを冬の季語としたのであろう。三〇の句参照。

二七一　老《おい》の春初《はつ》はなげぬき今からも　（同）

【句意】老人となって新年を迎えた、今年初めて使う鼻毛抜きを使って、今からでも身だしなみを整えよう。春「老の春」。

【語釈】○老の春　老人になって迎える正月。当時は四十歳を初老といい、これ以後は「老の春」である。○はなげ

ぬき　鼻毛抜き。鼻毛などを抜き取る金属製の道具。「初はなげぬき」は新年になって初めて鼻毛抜きを使うこと。

【備考】原本によると、この句は『とくとくの句合』が出版された際に、付録として添えた脇起こし歌仙（故人の発句を用いて、第二句目の脇句から始める歌仙形式の連句）の発句である。この歌仙が作られたときには素堂はすでに亡くなっている。

二七二　土佐が絵の彩色禿《はげ》し須磨《すま》の秋　（『とくとくの句合』享保20）

【句意】土佐派の絵の美しい彩色がはげたようだ、須磨の秋は。須磨の秋の物寂しい風景を描いた句である。秋「秋」。

【語釈】○土佐　室町時代以後大和絵の中心となった土佐派。美しい色彩を特徴とする。○須磨　現在の兵庫県神戸市須磨区。『源氏物語』の巻の名になっており、秋の寂しさを代表する歌枕。

【備考】この句も二七一の句と同様、脇起こし歌仙の発句である。

二七三　此《この》暑気に樓舟《やかたぶね》なし角田川《すみだがわ》　（『有渡日記』元文2）

【句意】この暑さに屋形舟が一艘《いっそう》も無い、隅田川《すみだがわ》には。夏の遊覧を楽しむ人が多く全部出払っていたのである。夏「暑気」。

【語釈】○樓舟　屋形舟。屋根のある遊覧船。サクラや花火などのシーズンには隅田川には多くの遊覧船が行き来していた。ここは夏の夕涼みの舟。○角田川　「隅田川」の当時の一般的な当て字。

連歌之《の》達人旧庵宗長居士《きゅうあんそうちょうこじ》は当島田の郷《ごう》の出生《しゅっしょう》にして、父は五条義助《ぎすけ》、母なん藤原氏《ふじわらうじ》なりける。若年のころ今川義元《よしもと》公につかへ《え》、故ありてみづ《ず》から髪を薙《そり》、華洛《からく》にのぼり、種玉庵宗祇《しゅぎょくあんそうぎ》居士にま見え、連歌を学び、道既《みちすでに》長じて宗祇の宗《むね》をうけつぎ、斯道《しどう》の規範として猶《なお》歌仙に人丸《ひとまる》・赤人《あかひと》有《ある》がごとし。性行脚を好み、江山《こうざん》を友とし岩上樹下《じゅげ》を家となして、風月に富《とめ》る事いまさらいふ《う》に及ばず、其《その》詞花《しか》言葉《げんよう》、新撰菟玖波《しんせんつくば》集《しゅう》・北国《ほっこく》の道之《の》記及び宇津の山の記にのこれり。然共《しかれども》宗祇居士・牡丹花翁《ぼたんかおう》のごとく世にいひ《い》伝へ《え》たる事多からず。同国の東北にあたつて天柱山《てんちゅうざん》のふもと柴屋《しばや》といふ《う》所に両居士の古墳あり。ある人のいはく《わ》、宗祇居士は文亀《ぶんき》年中相州《そうしゅう》箱根山にて終《おわり》たまふ《う》よし、宗長居士は享禄《きょうろく》元年弥生《やよい》初《はじめ》の六日と計《ばかり》伝へ《え》きて佳城《かじょう》の地きはめ《わ》てさだかならず。此郷《このごう》にて出生の事はうたがふ《う》所なし。よつて郷人、風雅の旅人《りょじん》をやどさしめむ《ん》とおもひ《い》たつこと久し。予たまたま此郷にやどりて聊《いささか》きく所をしるしさりぬ。他日よくしれらん人、記《しるし》つぎたまへ《え》。

元禄辛巳《かのとみ》二月後《のちの》五日　武陽散人《ぶようさんじん》　素堂書

（『蜀川夜話』宝暦7）

二七四　そよ更《さら》にむかしを植てしのぶ草

【句意】そよ吹く風のようにまことに頼りないことだが、昔の逸話をこの地に植えておけば、昔をしのぶよすがになるだろう。宗長に関する文章を書き残したことを「昔を植える」といった。素堂は宗長に関する言種《ことぐさ》（話の種）を植えて島田を去ったのである。秋「しのぶ草」。

【語釈】○旧庵　旧い庵《いおり》。ここは宗長がもと住んでいた庵の意。柴屋寺《さいおくじ》という寺になる前の柴屋軒という庵を指す。○宗長居士　室町時代末期の有名な連歌師。宗祇の門人。「居士」は隠者であることを示す敬称。享禄五年（一五三二）三月六日没、八十五歳。前書き中にある「享禄元年」は誤り。○島田の郷　島田という村。島田は現在の静岡県島田市。大井川下流域の地。○五条義助　島田の鍛冶屋《かじや》だったという。原本は「五條」。出典の『蜀川夜話《しょくせんやわ》』により改めた。○母なん藤原氏　母は名門の藤原一族の生まれ。『伊勢物語』一〇段に「母なん藤原なりける」という文句がある。これを踏まえた。○今川義元　東海道に大勢力を築いた戦国時代の大名。桶狭間《おけはざま》の戦いにおいて織田信長に敗れて亡くなった。○髪を薙　髪の毛をそって僧侶《そうりょ》の姿になったのである。「薙」は「剃」の当て字。○華洛　京都。「花洛」とも。○種玉庵宗祇　「種玉庵」は宗祇の庵の名称。「宗祇」は連歌の大成者。文亀《ぶんき》二年（一五〇二）九月一日箱根湯本で没、八十二歳。○宗　教えの核心。○斯道　専門とする分野。ここでは連歌。○歌仙　和歌において特別に優れた才能をもった人。○人丸　『万葉集』の歌人である柿本人麻呂《かきのもとのひとまろ》。江戸時代には「人丸」と書かれることが多く「ひとまる」ともいわれた。○赤人　『万葉集』の歌人である山部《やまべの》赤人。○江山　川と山。○岩上樹下　岩の上や木の下。厳しい修行をする出家や雲水《うんすい》の境遇を象徴する「樹下石上」と同意。○風月　自然の風物。またそこから生まれてくる詩歌。○詞花言葉　文学的な作品。ここでは連歌。○新撰菟玖波集　宗祇が編集した連歌の撰集《せんしゅう》。宗長も編集に協力した。○北国の道之記　宗長の紀行文であろうが確認できない。○宇津の山の記　『宇津山記』。宗長の著作。隠棲していた駿河国《するがのくに》（現在の静岡県）の宇津山麓の丸子《まりこ》で書かれた日記。○牡丹花翁　連歌師で宗祇の門人の肖柏《しょうはく》のこと。『新撰菟玖波集』の編集に協力している。「翁」は敬称。○天柱山　柴屋寺の背後の山。○柴屋　地名と思われるが未詳。宗長の住んでいた柴屋軒《さいおくけん》（宗長自身は「柴屋」と記している）は、この地名を音読みにして自分の庵の名称として用いたのであろう。柴屋軒は彼の死後寺に改められて天柱山柴屋寺になった。江戸時代には臨済宗の末寺。月の名勝地として知られた。○相州　相模国《さがみのくに》。現在の神奈川県。○佳城　墓のこと。○元禄辛巳　元禄十四年（一七〇一）の干支《えと》。○後五日　二十五日。○武陽散人　江戸の無用者というほどの意味。○そよ更に　そよそよと吹く風のようにまったく音が聞こえないこと。和歌に用いられる言葉。ここは昔のことがはっきりとわからないことの比喩《ひゆ》。○しのぶ草　ノキシノブの古名。ノキシノブは山中の樹皮や岩面などに生ずる常緑のシダ類。連歌の『至宝抄』以来、連歌・俳諧では秋の季語。この句の場合は昔をしのぶきっかけになるもの、という意味で使われている。

【前書き大意】連歌の名人であるこの古い庵の主であった宗長はこの島田の生まれで、父は五条義助といい母は藤原一族の人であった。彼は若いころ今川義元に仕えていたが、ある事情があってみずから髪をそり落として京都に上り、宗祇に会い連歌を学び、その道に上達して宗祇の志を受け継いで、後に連歌の権威として仰がれたのは、和歌の名人に柿本人麻呂と山部赤人がいるようなものだ。生まれつき旅をすることが好きで、山河を友とし岩の上や木の下を家として暮らし、自然の風物に親しんでいたことはいまさらいうまでもない。その作品は『新撰菟玖波集』『北国の道之記』『宇津山記』に残っている。しかし宗祇や肖柏に比べれば世に言い伝えられた彼の伝承は少ない。駿河国の東北の天柱山の麓の柴屋という所に宗祇と宗長の二人の古い墓がある。ある人が言うには、宗祇は文亀年中に相模国箱根山で亡くなったということである。宗長に関しては享禄元年三月六日に亡くなったということだけが伝えられており、彼の墓のことはほとんどわからない。宗長が柴屋の地に生まれたことは疑う余地がない。それでこの地の人は風雅の旅人を泊めてやりたいとずっと以前から思っていた。私はたまたまこの地に泊まり少しばかり土地の人から聞いたことを記した。今後宗長についてよく知っている人が現れたら私の文章に書き加えてほしい。

【備考】この前書きは出典の『蜀川夜話』に素堂の真蹟《しんせき》が模刻《もこく》されているが、この模刻では「元禄辛巳二月後五日武陽散人素堂書」で終わっており句はない。同書では少し離れた箇所に「そよ更に」の発句が記されている。したがってこの前書きは「そよ更に」の句の前書きとして書かれたものではなく、独立した文章として書かれたと考えられる。つまり前書きと発句は作られた時期が異なると考えてよい。文章は二月に書かれているが発句は秋の句である。

二七五　蕣《あさがお》は朝な朝なの御製《ぎよせい》かな　（『秋の七草』宝暦12）

【句意】アサガオは「朝な朝な」という御製の和歌に詠まれている名誉ある花だ。秋「蕣」。

【語釈】○朝な朝な　『後水尾院御集《ごみずのおいんぎよしゆう》』に収録されている「朝顔は朝な朝なに咲きかへ《え》て盛り久しき花にぞありける」という和歌を指す。「後水尾院」は第百八代の天皇。寛永六年（一六二九）に譲位して上皇（院）となる。○御製　天皇や皇族が詠んだ和歌や詩文。

【備考】この句は二三三の句を作りかえたか。誤伝の可能性もある。

（二七六）　ふらばふれ牛は牛づれ秋のくれ

島田宗長庵記

仲秋《ちゆうしゆう》十二、島田の駅にいたる。日はまだ高けれど名にしおふ大井川の水にさへ《え》られ、はからざるに此《この》所に旅寝す。つたへ聞《えきく》、宗長居士は此郷《ごう》より出《いで》て名をふるふ《う》。五條儀助といへ《え》る鍛士《たんし》の祖族たりとぞ。母なん藤原氏なりけり。偶《たまたま》、如舟《じよしゆう》老人かへ《え》らぬ昔を慕ひ《い》て一草庵《そうあん》をしつらふ《う》。名づけて長休《ちようきゆう》と号し、故墳《こふん》となして往来の騒客《そうかく》をとどむ。しかはあれど牽強《けんきよう》するにはあらず。其《その》風姿をしのびよれるものは、親のごとくし子の如《ごと》くす。

（『芙蓉文集』宝暦13）

【句意】雨が降るなら降り続け、「牛は牛連れ」で、道中で偶然出会った人と秋の夕暮れを過ごすことができて幸いだ。雨が降り続けば大井川の川止めが続くことになるが、気の合った人と過ごすことができれば、それもいいというのである。なおこの句文は二七七の句文に続く。秋「秋のくれ」。

【語釈】○島田　二七四の句参照。○宗長庵　如舟（後述）が個人的に再建した宗長の庵。宗長は二七四の句参照。○仲秋十二　八月十二日。仲秋は八月の異名。○名にしおふ　世間に広く知られている。有名な。「名に負う」とも。○大井川　静岡県を流れる大河。江戸時代には橋も渡し舟も無く、増水して川止めの触れが出ると大名でも渡ることはできなかった。○名をふるふ　名声を得ること。有名になること。○五條儀助　二七四の句参照。○鍛士　刃物などを作る職人。刀鍛冶など。○祖族　一族。○母なん藤原氏　二七四の句参照。○如舟　大井川を管轄する川会所《かいしょ》の役人を務めていた人物。芭蕉も元禄七年（一六九四）の旅で川止めにあい、この人の世話になっている。○故墳　昔の人の墓。「古墳」とも。○騒客　詩歌や文学的な文章を書く人。詩人・歌人・俳人など。○牽強　無理にこじつけることをいうが（「牽強付会《ふかい》」とも）、ここは無理に引き留めること。○風姿　作品のおもむき。つまり作品のこと。○牛は牛づれ　同じような身分の者同士、あるいは同じ趣味などをもつもの同士のこと。「牛は牛連れ馬は馬連れ」とも。

【前書き大意】八月十二日に島田の宿場に着いた。日はまだ高いがかの有名な大井川の川止めにあい、思いがけずここに宿泊することになった。伝え聞くところによると、宗長はこの村の出身で、連歌師として有名になった。五條儀助という鍛冶職の一族だという。母は藤原一族の出身であった。たまたま如舟老人が過ぎ去った昔を慕って、一つの草庵を作った。これを名付けて長休といい、ここを宗長の古い墓があった地と定めて行き来する歌人や俳人を宿泊させた。そうはいっても無理に引き留めるようなことはせず、宗長の作品に引かれて訪れる人に対しては、自分の親のようにまた子供のように心を尽くしてもてなしている。

【備考】原本に出典の記載はないが、二七七の句と一連の作品として『芙蓉《ふよう》文集』に掲載されている。この二七六の句と前書きは素堂の作ではなかろう。二七七の句の【備考】参照。

舟翁《しゆうおう》、何がしの両三子にかの記を乞《こい》求めて一軸とし、愛敬《あいけい》してしばらくも身をはなたず。予ひそかにあるじをたばかりて見るに、流石《さすが》にひろき難波江《なにわえ》のよしともあしともいふ《う》べき事ならぬ。只《ただ》祇長《ぎちよう》の風雅に徳ある事を感じて涙を落すのみ。

（二七七）　朝霧や嘸《さぞ》朝寝にて柴《しば》の庵《いお》　（『芙蓉文集』宝暦13）

【句意】朝霧が立ちこめ朝寝をするにはさぞかし気持ちがよかろう、この柴のいおりは。秋「朝霧」。

【語釈】○舟翁　如舟《じよしゆう》（二七六の句参照）のこと。「翁」は敬称。○かの記　例の文章。ここは宗長の柴屋軒《さいおくけん》について書かれた文章。柴屋軒については二七四の句参照。○愛敬　大切に扱うこと。○難波江　現在の大阪湾。ここは「よし」の枕詞として用いた。○よし　植物のヨシに「良し」の意味をかける。○あし　植物のアシに「悪し」の意味をかける。○祇長　宗祇と宗長。二七四の句参照。○風雅　文芸一般を指す。ここは連歌。○徳　能力。才能。

【前書き大意】如舟老人は、何とかという二、三人の人に柴屋軒に関する文章を書いてもらって一つの軸に表具して、大切に秘蔵してしばらくの間も手元から離すことはなかった。私はひそかに主の如舟にわからないようにその軸を見たところ、主人が大切にしているものだけに、さすがに良いとか悪いとか単純に判断できかねるような一軸であった。私はただ宗祇や宗長が風雅に傑出していたことに感動して涙を流すばかりであった。

【備考】二七六の句と前書き、および二七七の句と前書きは、出典の『芙蓉文集』では「島田宗長庵記」と題する一続きの作品である。原本ではこれを二つに分けて収録している。この「島田宗長庵記」には「山素堂《さん》」（「山」は山口の略）という作者名が記されているが、これは『芙蓉文集』の編者耳得《じとく》の誤りであろう。『芙蓉文集』ではすべての作品にタイトルと作者名が記されているが、本来句の前書きや俳文にはタイトルのないものが多い。にもかかわらず、すべての作品にタイトルと作者名が記されているということは、この中に編者が新たに付けたものも少なくないことを物語っている。「島田宗長庵記」というタイトルはともかく「山素堂」という作者名は耳得の間違いだと思う。なお二七七の句では「朝霧や」の句のあとに二七四の「そよ更に」の句が記されている（本書ではこれを省略した）のは不可解である。これも耳得の間違いであろう。二七六の句と前書き、二七七の句と前書きは、いずれも素堂の作品から除くべきだと思うが、本書では原本に従った。なお、今後の調査を期待したい。

二七八　滝あり蓮《はす》の葉にしばらく雨をいだきしが　（『去来抄』安永4）

【句意】滝がある、ハスの葉にしばらく雨がたまっていたが。ハスの葉にたまっていた雨水が流れ落ちて滝になったというのであろう。夏「蓮の葉」。

【備考】『去来抄』「修行」の部において著者である去来が、「謎」であって発句とはいいがたいとして例に挙げた四句の中の一句。ただしこの句は『去来抄』以外には見当たらない。

二七九　大井川桃の雫《しずく》や石一つ　（『雪丸げ』安永4）

【句意】大井川を眺めながらモモの花のしずくでのどの乾きをいやして、手ごろな石が一つあるからこれに腰掛けて一休みしていこう。春「桃の雫」。

【語釈】〇大井川　現在の静岡県を流れる大河。当時は橋も無く渡し舟も無かったから、東海道を旅する人にとっては最大の難所であった。〇桃の雫　モモの花からしたたり落ちるしずくであろう。芭蕉に「わがきぬに伏見の桃の雫せよ」という句がある。この芭蕉の句は作られた状況から春の句であることは確実であり、この「桃の雫」を芭蕉はモモの花のしずくの意味で用いてこれを春の季語としたと考えられる。素堂はこれにならったのであろう。

二八〇　鮎《あゆ》の子の何を行衛《ゆくえ》に上り船　（同）

【句意】アユの子はどこを目指して付いていくのだろう、上り船のあとから。春「鮎の子」。

【語釈】〇鮎の子　子アユ。貞徳《ていとく》の『俳諧御傘《ごさん》』に「鮎の子は春なり」とある。〇上り船　川の上流へ進む船。

【備考】この句が芭蕉の「鮎の子のしら魚送る別哉《わかれかな》」という句と関連があるとすれば、「鮎の子」は東北に向かって出立した芭蕉を見送る門人たちの比喩《ひゆ》となる。

二八一　草と見て開くふようの命かな　（『文蓬萊』元禄年間）

【句意】ただの草と見なしていたがフヨウの花が開きその日のうちに散った、わずか一日の命だった。庭のフヨウの木をそれと気づかずにいたところ、ある日突如花が開きフヨウの木だとわかったのである。秋「ふよう」。

【語釈】○ふよう　初秋のころ淡紅色の大きな五弁の花を開く。朝に咲き夕べにはしぼんで落ちる。

法竹子《ほうちくし》の父に手向《たむく》る辞

洛陽《らくよう》の法竹子、亡父一周忌とて、玉川の水にこと葉の花を結びて、江府《こうふ》の好士《こうし》をまねき、六々のつらね歌となし、愚老《ぐろう》にも一句手向《たむけ》よとすすめらる。もろこしの玉川にすむ翁《おきな》ならば、磯中川《いそなかがわ》の水を汲《くみ》わくべきに、石瓦《いしかわら》をもつて玉のほとりになげうたんもおこがまし。さりとてただに見過さんも本意なきわざなれば、試《こころみ》に申さん。凡《およそ》ひとのいけるほどは氷におなじ。誰かはもとの水に帰らざらん。さらばなき人に手向るものは先《まず》水を結ぶにや。一水一月《いっすいいちげつ》千水千月、又

(二八二)　月ひとつもたぬ草葉の露もなし　（『素堂文集』享保6）

などといへ《え》るも皆人々仏性の心なるべし。

【句意】月を一つ持たない草葉の露はない。どんな草葉にも露が降《お》り、そのすべての露に月がやどっているという意味。月は仏の比喩《ひゆ》であり、すべての人が仏の心をもっているというのである。ただしこの句は素堂の作ではない。秋「月・露」。

【語釈】○法竹子　京都の人であることは前書きの文章からわかるが詳しいことは不明。「子」は敬称。一八七の句は

法竹宅に滞在したときのもので、その出典の『この馬』は法竹の編集。宇城《うしろ》由文著『池西言水の研究』の「池西言水年譜」によれば享保《きょうほう》二年（一七一七）に『ももちどり』という俳書を編集している。また白石悌《ていぞう》三氏の「水間沾徳《みずませんとく》」（『江戸俳諧史論考』所収）によれば、法竹は沾徳と親交があった。○洛陽　京都。○玉川　歌枕として知られる六つの玉川があるが、ここは現在の京都府南部を流れる井手の玉川であろう。○こと葉の花　美しい言葉。転じて和歌をいうことが多いがここは俳諧をいう。○江府　江戸。○好士　「こうじ」とも。風流に心を寄せる人。ここは俳人。○六々のつらね歌　三十六句で完了する連句である歌仙のこと。○もろこしの玉川　中国の玉川。法竹の住む玉川を神仙の住む地のようにいいなした架空の地名。○磯中川　未詳。磯の中を流れる川と考えておく。「磯」は岩石の多い波打ち際をいい、川にも用いられる。○石瓦　無価値なもの。ここは下手な句。自分の句を卑下したのである。○玉　宝玉。すぐれた句の比喩。○おこがまし　ばかばかしく笑いをさそう行為。○本意なきわざ　残念なこと。○水を結ぶ　水を両手ですくい取ること。○一水一月千水千月　典拠があると思われるが未詳。一つの流れには一つの月があり、千の流れには千の月がある、という意味であろう。すべての人に仏の心があることを示した仏教の教えであろう。九九の句の前書きにもこの言葉が使われている。

【前書き大意】京都の法竹氏は亡父の一周忌を営むというので、近くの玉川の流れにちなんで発句を詠み、江戸の俳人を招いて歌仙の連句を作成し、私にも一句を手向けてほしいと頼んできた。中国の玉川に住む老人ならば、磯の間を流れる川の水を汲み分けて珍しい宝石を探し出すだろうが、ただの石か瓦のような私の下手な句を宝玉のようなすばらしい句の側に投げ出すのはおこがましい。とはいっても何もしないで見過ごすのも残念なことなので、ためしに一句作ってみる。およそ人の一生は氷のようなものだ。氷がとければ誰もがもとの水に戻る。だからこそ亡き人に手向けをするときには、まず両手で水を結ぶのではなかろうか。「一水一月千水千月」という言葉もある。また「月ひとつもたぬ草葉の露もなし」などというのも、みな人に仏性が備わっていることを示している。
【備考】前書きの書き出しの「洛陽の法竹子」から、二八二の句の後書きの「などといへるも皆人々仏性の心なるべし」までが、二八三の句の前書きである。出典の『素堂文集』ではそのようになっている。二八二の句は素堂がだれかの句を引用して前書きの中に書き込んだのである。

二八三　花水にくだけては舎利《しやり》となる氷
（『素堂文集』享保6）

【句意】花水に砕けて最後は舎利となるよ、氷は。氷を人間にたとえて、人々が仏に供える花の水にとけて最後には舎利になるというのである。法竹という人の父に手向けた句。二八二の句参照。冬「氷」。
【語釈】○花水　仏前に花を供えるときの水。○舎利　細かく米粒のようになった遺骨。特に聖者の遺骨をいうがここは単に死者の遺骨。

海辺　訪隠者《いんじやをとう》

二八四　江《え》を渡る梅あみほせる男しるべせよ
（真蹟）

【句意】海を渡ってやってきたウメを、網を干す男よ道案内してほしい。菅原道真《すがわらのみちざね》の「飛び梅伝説」を踏まえた句であろう。右大臣であった道真は、左大臣の藤原時平《ふじわらのときひら》に陥れられて九州の太宰府《だざいふ》に流された。その後道真が愛したウメが、彼を慕って京都から九州の太宰府まで飛んできたという伝説がある。素堂は自分自身をこのウメにたとえたのである。春「梅」。

【語釈】○隠者　世の中の交わりを避けて仏道修行や文学などに専念している人。この句の場合は素堂の知り合いであろうが誰を指すか不明。

二八五　鶉《うずら》声して鼠《ねずみ》はふるすに帰《かえり》けり　（真蹟）

【句意】ウズラの鳴き声がしたと思ったらネズミが自分の古巣に帰っていった。このネズミは野原に生息する野ネズミであろう。野ネズミをウズラと見間違えたのである。『千載集《せんざい》』の崇徳《すとく》上皇の和歌「花は根に鳥は古巣に帰るなり春のとまりを知る人ぞなき」を踏まえた句。秋「鶉」。

【語釈】○鶉　野原の草むらに生息する鳥。ニワトリのひなのようなずんぐりした形をしている。鳴き声が賞美される。『千載集』の藤原俊成《ふじわらのしゅんぜい》の和歌「夕されば野辺の秋風身にしみて鶉鳴くなり深草のさと」は名歌として名高い。

二八六　唐がらしあけをうばふ《う》やなすびあへ《え》　（同）

【句意】トウガラシの赤い色を奪い取ったよ、ナスビあえが。ナスビあえを作ったところ、赤いトウガラシがナスビの紫色に染まったのである。「紫の朱《あけ》を奪う」ということわざを踏まえた句。秋「唐がらし」。

【語釈】○唐がらし　果実は赤く熟しきわめて辛く香辛料として用いられる。○あけをうばふ　朱を奪う。「紫の朱を奪う」ということわざの一部。このことわざは偽物が本物に勝つという意味で、もとは『論語』の言葉。○なす

びあへ　ナスビのあえ物。ナスビを使った料理の一種。

【備考】来山《らいざん》に「唐がらし茄子《なすび》にあけも奪《うば》われず」という句がある。ナスビあえにしてもトウガラシは元のままの赤い色を保っているという意味で、句の意味は素堂の句と正反対だが発想はまったく同じである。来山の句が意味を逆にして素堂の句と誤られたのかも知れない。

二八七　池枕《いけまくら》芙蓉国《ふようこく》に入《いり》て夢《こ》かうばし　（同）

【句意】池のほとりに枕を持ってきて寝ていると、芙蓉国に入ったようで夢の中で良い香りが漂っている。池のほとりにござを敷いて昼寝をしているのである。夏「芙蓉」。

【語釈】〇池枕　池のほとりの枕の意味であろう。へりくつをいって誤りを認めないことを「漱石枕流《そうせきちんりゅう》」（石に漱《くちす》ぎ流れに枕す）というが、この「枕流」をヒントにして作った造語か。〇芙蓉国　日本の異称である扶桑国《ふそうこく》のもじり。ハスの花で満たされた国。「芙蓉」は日本では初秋に大きな五弁の花を付ける落葉低木をいうが、中国ではハスの異名として用いられた。日本でも文学作品ではしばしばハスの異名として用いられる。ここもハスのこと。素堂はハスを愛し彼の住まいの庭にハス池を作り蓮池翁《れんちおう》とも号している。〇かうばし　こうばしい。よい香りがすること。「かんばしい」とも。

補1　うたたねや孤山《こざん》の梅を妻とみて　（短冊）

【句意】うたた寝をした、孤山のウメを妻としている夢をみながら。春「梅」。

【語釈】○孤山　中国の名勝地である西湖《せいこ》の中にある島の名。中国宋代の隠者である林和靖《りんわせい》が住んでいたところ。その住まいにはウメが植えられており二羽のツルが飼われていたという。林和靖の名は当時の日本ではよく知られており、芭蕉もこの故事を踏まえて「梅白し昨日や鶴を盗まれし」という句を作っている。

補2　初空やねまきながらに生れけり　（真蹟）

【句意】元日の空だ、寝間着を着たままで私も新しく生まれ変わった。新年を迎えて万物が新しく生まれ変わるが、寝間着を着たまま生まれ変わったといったところが俳諧。春「初空」。

【語釈】○初空　元日の空。

【備考】原本によれば、この句は偽作の疑いもあったが「杉風《さんぷう》画・素堂賛の一軸を証として」素堂の句に改めたという。

補3　雑巾《ぞうきん》や松の木柱一《ひと》しぐれ　（『鱗形』延宝6）

【句意】雑巾が掛けてあるよ、そのマツの木の柱を時雨が通り過ぎていった。『新古今集』の慈円《じえん》の和歌「我が恋は松をしぐれの染めかねて真葛《まくず》が原に風さわぐなり」を踏まえた句であろう。風流な和歌の世界を卑俗な日常の光景に転じた。冬「一しぐれ」。

【語釈】○松の木柱　マツの木で作った柱。腐りやすく、後に「松の木柱も三年」ということわざが生まれた。○一しぐれ　一時的に降る時雨をいう和歌的な表現。時雨は晩秋から初冬に降る雨で俳諧では冬の季語。

補4　地は遠し星に宿かれ夕雲雀《ゆうひばり》　（『摩訶十五夜』明和2）

【句意】地上は遠い、星に泊めてもらえ、夕ヒバリよ。地上の巣より空の星の方が近いだろうというのである。春「夕雲雀」。

【語釈】○夕雲雀　夕方の空で鳴いているヒバリ。和歌で読み継がれてきた言葉。

語彙索引

【語釈】で取り上げた語句、あるいは言及した人名などを現代仮名遣いで表記し五十音順に配列した。アラビア数字は句番号である。カッコ内は【語釈】の表記である。見出し語と【語釈】の表記が一致する場合は【語釈】の表記を省略した。

あ 行

あいけい（愛敬）　277
あいにあう（あひにあふ）　137
あおあらし（青嵐）　171
あおとんぼ（青蜻）　67
あかし（明石）　212
あかひと（赤人）　274
あきのななくさ（秋の七草）　154　233
あげや（揚屋）　230
あけをうばう（あけをうばふ）　286
あさがお（蕣）　127
あさがおのい（蕣の威）　260
あさなあさな（朝な朝な）　275
あさにじ（朝虹）　249
あさまやま（浅間山）　215
あし（芦・あし）　123　277
あした（朝）　114
あずさにちりばめ（あづさにちりばめ）　167
あずましめい（東四明）　89
あせぬぐい（汗拭ひ）　8
あたごのやま（あたごの山）　199
あなむざんか（あなむ残花）　3
あまのはら（天の原）　264
あみ（網）　265
あやめ　172
あゆ（鮎）　205
あゆのこ（鮎の子）　280
あらまし　116
ありあけ（有明）　260
ありみち（蟻道）　180
ありやなしや　241
あわずのはら（あは津の原）　167
あわのなると（阿波のなると）　191
あわれ（哀）　122
あんぎゃ（行脚）　189　247
あんせい（安世）　201
あんとくてんのう（安徳天皇）　213
いえをうつしける（家をうつしける）　262
いえをうつせし（家をうつせし）　179
いくばく　236
いけずき（生喰）　188
いけまくら（池枕）　287
いざよい（いざよひ）　200
いさわがわ（伊沢川）　225
いし（石）　204
いしかわじょうざん（石川丈山）　191
いしかわら（石瓦）　282
いしずえ（礎）　167
いしやまでら（石山寺）　204　232
いせぶね（伊勢船）　164
いそなかがわ（磯中川）　282
いたち（鼬）　119
いたれり（至れり）　207
いち（市）　78
いつくしき　213
いつくしま（厳島）　213
いっすいいちげつせんすいせんげつ（一水一月千水千月）　99　282
いったん（一反）　162
いってつ（一鉄）　62
いでのしたのおび（ゐ手の下

の帯） 4
いなさ 52
いまがわよしもと（今川義元） 274
いりがき（煎蠣） 60
いりずもう（入相撲） 5
いりひ（入日） 22
いりふね（入船） 52
いん（隠） 101 122 154
いんげんぜんじ（隠元禅師） 72
いんじゃ（隠者） 284
うえの（上野） 32 41 182
うきは（浮葉） 63 268
うきん（烏巾） 82
うごきいずる（動き出る） 90
うさ 128
うじ（宇治） 177 198
うしお（うしほ） 213
うしはうしづれ（牛は牛づれ） 276
うすはなざくら（薄花桜） 177
うずら（鶉） 285
うたわばや（うたはばや） 125
うちじに（打死） 45
うつせみのもぬけのから（空蝉のもぬけのから） 148
うつのやまのき（宇津の山の記） 274
うますぎぬ（旨すぎぬ） 93
うまにいち（馬に市） 184
うめ（むめ） 179
うめにからす（梅に烏） 77
うめのかぜ（梅の風） 9
うらしま（浦島） 221
うわに（上荷） 179
え（江） 92
えつじん（越人） 101
えどざくら（江戸桜） 47
えん（園） 102
えんしゅう（遠州） 201
おいのはる（老の春） 271
おうぎ（扇） 11
おうぎし（王羲之） 85
おうじのきつね（王子の狐） 84
おうしゅくばい（鶯宿梅） 231
おうみはっけい（近江八景） 266
おおいがわ（大井川） 160 236 276 279
おおいそ（大磯） 194
おおえやま（大江山） 219
おきな（翁） 128 148 151 154
おくら（憶良） 154 233
おぐるま（小車） 247
おこがまし（をこがまし） 240 282
おさ（筬） 244
おそきひ（遅き日） 208
おちこちびと（遠近人） 8
おなつ（お夏） 210
おののおつう（小野のお通） 38
おばな（尾花） 237
おびはさみ（帯はさみ） 191
おもいしほど（おもひしほど） 189
おもいね（おもひね） 240
おもかげは（俤は） 60
おもだか 104
おもむき 124
おれは（折葉） 268

か行

が（鵞） 85
かいちょう（開帳） 232
かいのふ（甲斐の府） 140 226
かいろう（廻廊） 51 213
かえし（かへし） 162
かえせもどせ（返せもどせ） 17
かえりばな（帰り花） 150
かえるさ 256
かきつばた（杜若） 173 184
かぎゅう（蝸牛） 130
がく（額） 213
かくれが 176
かけひ（筧） 146
かざおりえぼし（風折ゑぼし） 238
かじのは（かぢの葉） 238
かじょう（佳城） 274
かずき（かづき） 196
かぜのかおり（風の薫り） 254
かぜのかみ（風の神） 2
かせん（歌仙） 274
かたじけなさ 222
かたつぶり（蝸牛） 259
かちじ（かち路） 208

かつお（鰹）　59 62 187
かつおのたたき（鰹のたたき）　183
かつしか　227
かつしかのさと（かつしかの里）　179
かつぬま（勝沼）　224
かとうじょうじん（花桃丈人）　60
がな　27
かなぶみ（かな文）　38
かねひら（兼平）　19
かのいおり（彼庵）　101
かのこ　21
かぼ（家母）　127
かま（釜）　146
かまくら　33
かみぎぬ（紙ぎぬ）　149
かみなづき（かみな月）　148
かみをそり（髪を薙）　274
かもうり（冬瓜）　95
かもがわ（加茂川）　142
かものす（鴨の巣）　216
かや（蚊屋）　199
かよう（荷葉）　77 119
からく（華洛）　274
からつ（唐津）　37
からはし（から橋）　50
かりゅう（家隆）　137
がをおらせけり（我をおらせけり）　34
かん（閑）　84
がんえん（顔淵）　43
がんかい（顔回）　43 191
がんし（顔子）　191
がんじょうじゅげ（岩上樹下）　274
かんじん（閑人）　60
きかく（其角）　107 137 230
きがん（帰雁）　229
ぎくう（祇空）　185 241
きくがさね（菊がさね）　227
きくをまくら（菊を枕）　126
きさがた　101
きしる　130
きせんほうし（きせむ法師）　198
きそじ（木曽路）　215
きそのやせ（木曽の痩）　101
きたやま（北山）　201
ぎちょう（祇長）　277
きっこう（亀甲）　57
きなん（紀南）　217
きぬくばり（衣配り）　136
きぬた（砧）　26
きびのなかやま（吉備の中山）　167
きませ（来ませ）　242
きみがはる（君が春）　37
きゅうあん（旧庵）　274
きゅうち（旧知）　185
きゅうでん（宮殿）　56
きゅうぶ（九分）　94
きょくすい（曲翠）　162
きょし（許子）　191
ぎょせい（御製）　233 275
きよみがせき（清見が関）　39
きよもり（清盛）　213
きょゆう（許由）　191
きょらい（去来）　170 278
きりさめ（霧雨）　217
ぎんこん（吟魂）　167
きんばのとし（金馬のとし）　110
くうかい（空海）　213
ぐうせい（偶成）　57
くがつじゅうさんや（九月十三夜）　88 90
くず（葛）　153
くすのき（楠）　75
くそじあまりここのつ（九そじあまり九つ）　137
くだらの（くだら野）　148
くだり（下り）　161
くちきり（口切）　240
くま　109
くもはんざん（雲半山）　204
くれおそし（暮おそし）　266
けいき（景気）　213
けいすぎもせず（景過もせず）　143
けおされぬ（気をされぬ）　260
げかい（下界）　199
けしかわり（化しかはり）　6
げっきゅうでん（月宮殿）　49
げんき（元気）　212
けんきょう（牽強）　276
けんこん（乾坤）　27

げんさつ（元察） 170
げんじものがたり（源氏物語） 56
げんせい（元政） 124 151
こあゆ（小鮎） 73 205
こいがふち（鯉が淵） 73
こうい（更衣） 56
こうう（項羽） 188
こうざん（江山） 274
こうし（好士） 282
こうた（小歌） 31
こうばし（かうばし） 287
こうふ（江府） 282
こうへて（功経て） 42
こうほね（河骨） 105
こうやさん（高野山） 218
こがらし（凩） 29 129
こきょう（古郷） 165
こきょうのにしき（古郷の錦・故郷の錦） 139 193
ごこ（五湖） 60
ごこく（五石） 162
こざん（孤山） 補1
こしじ（越路） 193
こしのひと（こしの人） 101
ごじゅうさんえき（五十三駅） 139 193
ごじょうぎすけ（五条義助） 274
こすい（湖水） 253
こずえのあき（梢の秋） 262
ごずさん（牛頭山） 235
こぞう（小僧） 32
こぞのこよい（こぞのこよひ） 101
こちょう（胡蝶） 67
ごどう（五桐） 163
ことし 148
ことばのはな（こと葉の花） 282
このおきな（此翁） 193
こばいえん（古梅園） 186
こひさご（小瓢） 191
こふん（故墳） 276
こぼとけとうげ（小仏峠） 223
こぼれうめ（こぼれ梅） 175
こまち（小町） 240
ごみずのおさま（後水尾様） 233
ごみずのおいん（後水尾院） 275
こよみはずれ（暦はづれ） 239
これつら（是つら） 246

さ 行

さいおくけん（柴屋軒） 274
さいぎょう（西行） 117 195
さいぎょうどう（西行堂） 195
さいごく（西国） 211
さいごくくだり（西国下り） 243
さいしょうにん（西上人） 117
さが（嵯峨） 116
さかおり（酒折） 125
さかわだきろく（佐川田喜六） 89
さきのつき（さきの月） 90
さきわけ（咲分） 16
さこんのさくら（左近のさくら） 248
ささき（佐々木） 188
さざなみや 167
さぞな 31
さとう（砂糖） 214
さねとも（実朝） 20
さびあゆ（さび鮎） 236
さびたり 225
さよ（小夜） 126
さらしな 101
さらす 265
さらぬ 193
さらぬしぐれ（さらぬ時雨） 151
さるをききて（猿を聞て） 89
さん（讃） 124
ざんか（残花） 3
さんかいき（三廻忌） 155
さんかしゅう（山家集） 141
さんきん（参勤） 47
さんし（三四） 193
さんじゅうさんてん（三十三天） 13
さんぷう（杉風） 149
しい（椎） 235
しいのきどう（椎木堂） 235
しおひ（汐干） 15 112
しが（志賀） 156
しかげんよう（詞花言葉） 274
しかま（飾磨） 208
しきし（色紙） 238
しぎたつさわ（鴫たつ沢） 195

しぐるる 141
しぐれ（時雨） 151 264 265
じげ（地下） 238
しずめて 160
したのおび（下の帯） 4
しちじゅう（七十） 127
しちしょう（七唱） 148
しったつ（執達） 170
しどう（斯道） 274
しながわ（品川） 112
しのぶぐさ（しのぶ草） 274
しのぶのおか（忍岡・忍の岡） 179 262
しばいのいち（芝居の市） 176
しばや（柴屋） 274
しまだ（島田） 276
しまだのさと（島田の郷） 274
しみ（蠹） 74
しもつふさ 235
しものはな（霜の花） 83
しゃくそん（釈尊） 48
しゃり（舎利） 283
しゅうおう（舟翁） 277
じゅうさんや（十三夜） 93
しゅぎょくあんそうぎ（種玉庵宗祇） 274
しゅくざん（粛山） 138
じょうざん（丈山） 39
しょうちょう（少長） 175 176
しょうとうせい（蕉桃青） 76
しょうはく（肖柏） 208 274
しょうべん（小弁） 99
じょうるり（浄瑠璃） 31
しょしゃでら（書写寺） 209
じょしゅう（如舟） 276
じょふうし（除風子） 167
しらうお（白魚） 229
しらかわ（白河） 134
しらけし 186
しろむく（白むく） 21
しんしんたる 218
しんせんつくばしゅう（新撰菟玖波集） 274
しんとく（信徳） 31
すい（雖） 188
すおう（周防） 243
すてご（捨子） 263
すま（須磨） 211 272
すまのうえの（須磨の上野） 182
すみだがわ（角田川） 273
すみどころ（すみ所） 116
すわのいけ（諏訪の池） 216
せいがい（青海） 138
せいしゅうやまだがはら（勢州山田が原・勢州山田がはら） 193 222
せいぼ（歳暮） 239
せいりゅうし（青流子） 185
せきしょう（夕照） 265
せた（瀬田・勢田） 19 50 252
せんか（泉下） 154
せんく（千句） 167
そ（素） 139
ぞう（像） 149
そういん（宗因） 9
そううんじ（早雲寺） 185
そうかく（騒客） 276
そうかんろう（宗鑑老） 25
そうぎ（宗祇） 45 87 121 151 185 274 277
そうぎこじ（宗祇居士） 124
そうぎのかや（宗祇の蚊屋） 241
そうぎのしぐれ（宗祇の時雨） 124
そうしゅう（相州） 274
そうちょうあん（宗長庵） 276
そうちょうこじ（宗長居士） 274
そうは（宗波） 101
そざん（素山） 173
そぞく（祖族） 276
そだ（そ朶） 175
そてつ（蘇鉄） 97
そでみやげ（袖みやげ） 256
そといえ（外家） 27
そとうば（蘇東坡） 53 72
そとおりひめ（衣通姫） 217
そならず（素ならず） 193
そのきさらぎ（其きさらぎ） 117 195
そばをうらなう（蕎麦を占） 94
そよがさす 65
そよさらに（そよ更に） 274
そら（曽良） 112
そる 5
それ 48

た 行

だいぜんいん（大善院） 199
だいぶつ（大仏） 257
たかつな（高綱） 188
たきさし 175
たけうるひ（竹植る日） 180
たたされよ（立されよ） 147
ただよし（忠良） 79
たちば（立葉） 268
たつたひめ（立田姫・竜田姫） 139 193
たで（蓼） 18
たなかはちだゆう（田中八太夫） 237
たなはし（棚橋） 269
たま（珠・玉） 214 282
たまがわ（玉川） 282
たまご（玉子） 55
たまつしま（玉津島） 217
たむけぐさ（手向草） 144 148
たらちめ 237
たるつぐ（樽次） 35
たわめて（たはめて） 255
たんし（鍛士） 276
たんば（丹波） 178
たんよう（丹陽） 219
ちからぐさ（ちから草） 249
ちからなく 162
ちくじつ（竹日） 109
ちくどう（竹洞） 133
ちごおどり（児踊） 65
ちござくら（児桜） 3
ちさ（苣） 81
ちさと（千里） 99
ちそく（知足） 164
ちどり（千鳥） 181 254
ちびき（千引） 108
ちゃのはおり（茶の羽織） 139 247
ちゃのはな（茶の花） 28 230
ちゅうしゅう（仲秋） 276
ちょう（丁） 210
ちょうきゅう（重九） 227
ちょうめい（長明） 179
ちょうよう（重陽） 137
ちりゅう（知立） 184
つきのあけぬらん（月の明ぬらん） 55
つきのやど（月の宿） 25
つきよかげ（月夜かげ） 200
つきよし（月夜よし） 220
つくしのそう（つくしの僧） 101
つくば（筑波） 90
つげ（柘植） 251
つごもり（晦日） 131 142
つた（蘿） 98
つち 26
つちのとみ（己巳） 90
つづまる 162
つぶて（礫） 64
つぼすみれ 194
つま 99
つよみ 24
つゆ（露） 146
つゆのつき（露の月） 235
つゆわけごろも（露分衣） 99
つらゆき（貫之） 181 206
つらゆきのむすめ（貫之の娘） 231
つるが（つる賀） 266
ていか（定家） 60
ていぜん（庭前） 169
ておりつむぎ（手織紬） 26
てるひ（照日） 130
てんちゅうざん（天柱山） 274
てんもくざん（天目山） 224
とう（問） 99
とう（塔） 262
どうあれども（堂あれども） 148
どういん（同隠） 96
とうえんめい（陶淵明） 133
とうがらし（唐がらし） 286
とうじ（冬至） 110
とうず（投ず） 195 235
とうちゃ（唐茶） 72 92
とうふう（道風） 213
とおめがね（遠眼鑑） 34
とき（紅鷺） 177
ときひら（時平） 82
とく（徳） 277
どくじゅ（読誦） 141
とくとくのみず（とくとくの水） 242
とさ（土佐） 272
としのくれ（年の昏） 120

としのひとよ（年の一夜）　84
としわすれ（とし忘れ・年わすれ）　110　142
とのい（宿直）　234
とほ（杜甫）　89　174
とまり（泊り）　20
どようぼし（土用干）　21
とよくに（豊国）　197
とら（虎）　194
とらのものがたり（虎の物語）　89
とりむすべ（取結べ）　4
どろさぎ（泥鷺）　258

な　行

ながさき（長崎）　52　214
なかて（点）　54
ながと（長門）　243
なかなか（中々）　194
なかのなぬか（中の七日）　110
なかのふつか（中の二日）　148
なかのふゆ（仲の冬）　110
なかやま（中山）　43
なしのはな（梨の花）　129
なすびあえ　286
ななそじななの（七そじななの）　137
なにごころ（何ごころ）　258
なにしおう（名にしおふ）　276
なにわえ（難波江）　277
なびけし　197
なみだのつゆ（涙の露）　145
ならざらし（奈良ざらし）　158
なりひら（業平）　173
なると（鳴戸）　239
なをとげて（名をとげて）　270
なをふるう（名をふるふ）　276
にいはり（にゐはり）　125
にお（鳰）　123
にしゅ（二朱）　230
にちしょうにん（日上人）　225
にちれん（日蓮）　225
にひゃくとおか（二百十日）　132
によう（二葉）　144
にょうご（女御）　56
にり（二里）　131
ねごろもの（根来もの）　24
ねざさ（根笹）　83
ねはんえ（涅槃会）　174
のぎく（野菊）　87
のじ（野路）　256
のちのいつか（後五日）　274
のちのよっか（後の四日）　199
のにんじん（野人参）　197
のぼりぶね（上り舟）　280
のみがちゃうす（蚤が茶臼）　191
のりけづき（法けづき）　117
のわき（野分）　114

は　行

はいかいこく（俳諧国）　9
はいぜん（牌前）　170
はいわたるほど（はひわたるほど）　235
はえ（鮠）　73
はおり（羽織・羽折）　76　193
はくうん（白雲）　199
はしだて（橋立）　143　220
ばしょう（芭蕉）　16　31　76　83　128　144　148〜153　156　159　162　167　170　190〜193　240　247
ばしょうあん（芭蕉庵）　155
ばしょうおう（芭蕉翁・ばせを翁）　101　117　139　167
ばしょうこじ（芭蕉居士）　141
ばしょうろうじん（はせを老人）　189
はす（荷）　66　70
はすのうきは（蓮のうき葉）　169
はすのみ（蓮の実）　42　258
はちす　67　118
はちすらし　268
はちすらん　68
はつがつお（初鰹魚・はつ鰹）　18　33
はつせ（初瀬）　206
はつぞら（初空）　補2
はっちゃのゆ（はつ茶湯・初茶湯）　228　242
はつづきよ（初月夜）　134
はつなずな（初なづな）　183
はつむかし　240
はな（花）　210
はなおもい（花おもひ）　14

はなぐもり（花曇り）　172
はなげぬき　271
はなすすき（花薄）　38
はなのくも　16
はなのざ（花の座）　11
はなのたき（花の滝）　35
はなのちり（花の塵）　2
はなのゆき（花の雪）　209
はなふよう（花芙蓉）　69
はなみず（花水）　282
はなもなみだを（花も涙を）　174
ははなんふじわらうじ（母なん藤原氏）　274　276
はびろぐさ（葉広草）　170
はりまのくに（播磨国）　147
はんれい（范蠡）　270
ひえいざん（比叡山）　253
ひがき（檜垣）　134
ひがしやま（東山）　196
ひげのゆき（髭の雪）　45
ひこ（彦）　237
ひこぼし（彦星）　237
ひさご　191
ひさごまくら（瓢枕）　241
ひさし（庇）　189
ひすい（翡翠）　245
ひつい（筆意）　85
ひでよし（秀吉）　197
ひでりどし（日照年）　132
ひとしぐれ（一時雨）　補3
ひとまろ（人丸）　274
ひのきがさ（檜木笠）　76
ひめじ（姫路）　210
びよう（尾陽）　89
ひら（比良）　266
ひろさわ（広沢）　116　200
びわ（枇杷）　172
ふうが（風雅）　167　277
ふうがのゆかり（風雅のゆかり）　170
ふうげつ（風月）　274
ふうげつをともとし（友風月）　124
ふうげつをともない（風月をともない）　151
ふうし（風姿）　276
ふうれん（風蓮）　64
ふかく（不角）　230
ふかくさのおきな（深草のおきな）　124
ふくちゅうのほご（腹中の反古）　120
ふくはら（福原）　248
ふくべ（瓢）　155
ふぐもどき（鯸もどき・西施乳もどき）　30　270
ぶざんこう（豊山香）　186
ふじ（不二）　39　71　131
ふじつくば（富士筑波）　90
ふじのね　23
ふたよのつき（二夜の月）　90　91
ふではじめ（筆はじめ）　12
ふでをたてて（筆を立てて）　95
ふみづきなぬか（文月七日）　154
ふみもみじ　219
ふゆごもり（冬ごもり）　27　154
ふよう　281
ふようこく（芙蓉国）　287
ぶようさんじん（武陽山人）　274
ぶようじょうがいかっそん（武陽城外葛村）　154
ふるごと（古ごと）　99　148
ふんぎって　161
ふんべつもの（分別もの）　30
べんけい（弁慶）　10　209
べんけいすい（弁慶水）　209
ほいなきわざ（本意なきわざ）　282
ほうご（反古）　120
ほうちく（法竹）　187　282
ぼうぶら（南瓜）　168
ぼうゆう（忘友）　141
ほおずき（鬼灯）　22　214
ぼくどう（牧童）　63
ほこ（鉾）　12
ほし（星）　115
ほぞ（蔕）　226
ほそたにがわ（細谷川）　167
ほたるのうた（蛍のうた）　198
ぼたんか（牡丹花）　208　274
ぼたんもち（牡丹持）　166
ほっく（発句）　229
ほっこくのみちのき（北国の道之記）　274
ほとけ（仏）　149

ほととぎす（郭公）　17

ま　行

まいりあい（参合）　19
まきは（巻葉）　63　268
まくらがや（枕蚊屋）　66
まさしげ（正成）　75
まつ（松）　203
まつしま（松しま・松島）　101　117
まつちやま（まつち山）　235
まつのきばしら（松の木柱）　補3
まな　187
まながつお（魴）　62
まなこくろし（眼黒し・眼くろし）　139　193
まねびて　208
みかづき（朏・三日月）　115　122
みずうみ（湖）　156
みずのはな（水の花）　104
みずのもの（水のもの）　22
みずやそら（水や空）　252
みずをむすぶ（水を結ぶ）　282
みそかのつき（三十日の月）　55
みたらし（御手洗）　142
みちかぜ（三千風）　195
みつね（躬恒）　61
みなせがわ（水無瀬川）　41
みのむし（蓑虫・蓑むし）　189　259
みひらく（見ひらく）　223
みほ（三保）　265
みほど（身程）　136
みまかりし（身まかりし）　151
みやこ（宮古）　116
みやじま（宮島）　51
みやづ（宮津）　221
みゆ　20
みょうじょう（明星）　234
みわ（三輪）　207
むくのき（むくの木）　96
むささび（鼯）　193
むさし　235
むさしの（武蔵野・武さし野）　23　48　49　256　257
むすび　163
むね（宗）　274
むねのつき（胸の月）　48
むらさめ（村雨）　70　251
むらしぐれ（村しぐれ）　180
むらもみじ（むら紅葉）　24
めいげつ（名月）　234
めぐりしちり（めぐり七里）　213
めじ（目路）　123
めみっつ（眼三つ）　253
もみ（樅）　106
もものしずく（桃の雫）　279
もらいなき（もらひなき）　222
もろこしのたまがわ（もろこしの玉川）　282
もろこしのよしの　82
もんたいなし　193

や　行

やえがすみ（八重霞）　13　35
やえのしおかぜ（八重のしほ風）　193
やかたぶね（楼舟）　273
やくものみしょう（八雲の御抄）　240
やけいし（やけ石）　215
やしろ　207
やすいし（野水子）　89
やすより（康頼）　189
やつはし（八橋）　184
やつはしでら（八橋寺）　173
やど（宿）　59　136　257
やどす（宿す）　255
やどのはる（宿の春）　53
やどり（舎り）　77　163　221
やなか（谷中）　32
やぶつばき（薮つばき）　244
やまだ（山田）　1
やまとめぐり（大和めぐり）　246
やまほととぎす（山郭公）　33
やままど（山窓）　223
やまやまだ（山々田）　1
やみのほし　201
ゆうだつ（夕立つ）　232
ゆうひばり（夕雲雀）　補4
ゆきおれだけ（雪折竹）　36
ゆきおんな（雪女）　10
ゆみや（弓矢）　104

ゆめじ（夢路） 269
ゆるまる 138
よい（酔） 72
ようしゃ（用捨） 11 191
よか（余花） 75
よし 277
よしなし 94 225
よしの（吉野） 47
よしのがわ（よしの川） 205
よしのやま（よしの山） 28 246
よしわら（よし原） 264
よす（寄） 91
よにすむ（世にすむ） 236
よになる（世に鳴） 239
より 5
よりあいがき（寄合書） 213
よわい（よはひ） 137

ら　行

らくよう（洛陽） 282
らん（蘭） 86
らんじゃたい（蘭奢待） 254
らんてい（蘭亭） 85
りきゅう（利休） 28
りくちになみをおこして（陸地に波をおこして） 191
りはく（李白） 35
りゅうぎん（立吟） 116
りょうごくばし（両国橋） 229
りろう（離婁） 193
りろうがめい（離婁が明） 139
れい（礼） 228
れん（蓮） 63
れんう（蓮雨） 65
れんせかい（蓮世界） 71
れんのかじ（蓮の楫） 72
ろ（炉） 56
ろうと（老杜） 89
ろくがつ（六月） 142
ろくぶつ（六物） 191
ろくりのまつ（六里の松） 220
ろくろくのつらねうた（六々のつらね歌） 282
ろせん（露沾） 131

わ　行

わがみひとつ（我身ひとつ） 99
わすれぐさ（わすれ草） 113
わたのはな（綿の花） 86

あとがきにかえて――素堂の住まい

『日本古典文学大辞典』（岩波書店刊）の素堂の項（尾形仂《つとむ》氏執筆）に、「貞享《じょうきょう》二、三年（一六八五、六）ごろ、芭蕉庵の近隣葛飾《かつしか》安宅《あたけ》に移居。元禄四年（一六九一）には深川六間堀《ろっけんぼり》町続きに抱《かかえ》屋敷を求め」たと記されている。しかし江戸時代の絵図や地誌類で「葛飾安宅」という地名を記したものは皆無である。「葛飾安宅」と、その後に求めたという「深川六間堀町続きの抱屋敷」について簡単に私見を述べておきたい。

「葛飾」は武蔵国《むさしのくに》の葛飾郡《こおり》のことである。「郡」は「ぐん」ともいうが江戸時代は「こおり」というのが一般的である。武蔵国（現在の東京都・埼玉県・神奈川県の一部。その中心が江戸）には二十二の郡があったが、葛飾郡はその中の一つで、隅田川の川沿いの深川から、日光街道（日光道中とも）の宿場であった栗橋（現在の埼玉県北東部）にいたる広大な地域を指す。

葛飾郡はもとは下総国《しもうさのくに》（現在の千葉県・茨城県）に属していたが、江戸幕府はこれを二つに分割しその西半分を武蔵国に編入した。したがってそれ以後、下総国と武蔵国に葛飾郡という同じ郡ができたのである。江戸の地誌である『武江《ぶこう》年表』には貞享三年閏《うるう》三月に分割されたと記されているが、吉田東伍《とうご》氏の『増補大日本地名辞書』によれば、正保《しょうほう》（一六四四〜一六四八）の国絵図《くにえず》ではすでに下総国葛飾郡を二つに分割し、利根川をもって下総国と武蔵国の国境としているという（当時の利根川は現在の東京湾に流れ込んでいた）。正保年間には下総国葛飾郡の一部は武蔵国に編入されていたのである。このあと、武蔵国に編入された葛飾郡の一角に深川村ができた。

次に「安宅」の説明をしたい。「安宅」は「阿武」と書かれることもあるが、以下「あたけ」と記すことにする（ただし引用した場合は原文に従う）。次頁に掲げた絵図をご覧いただきたい。この絵図は延宝《えんぽう》八年（一六八〇）に刊行さ

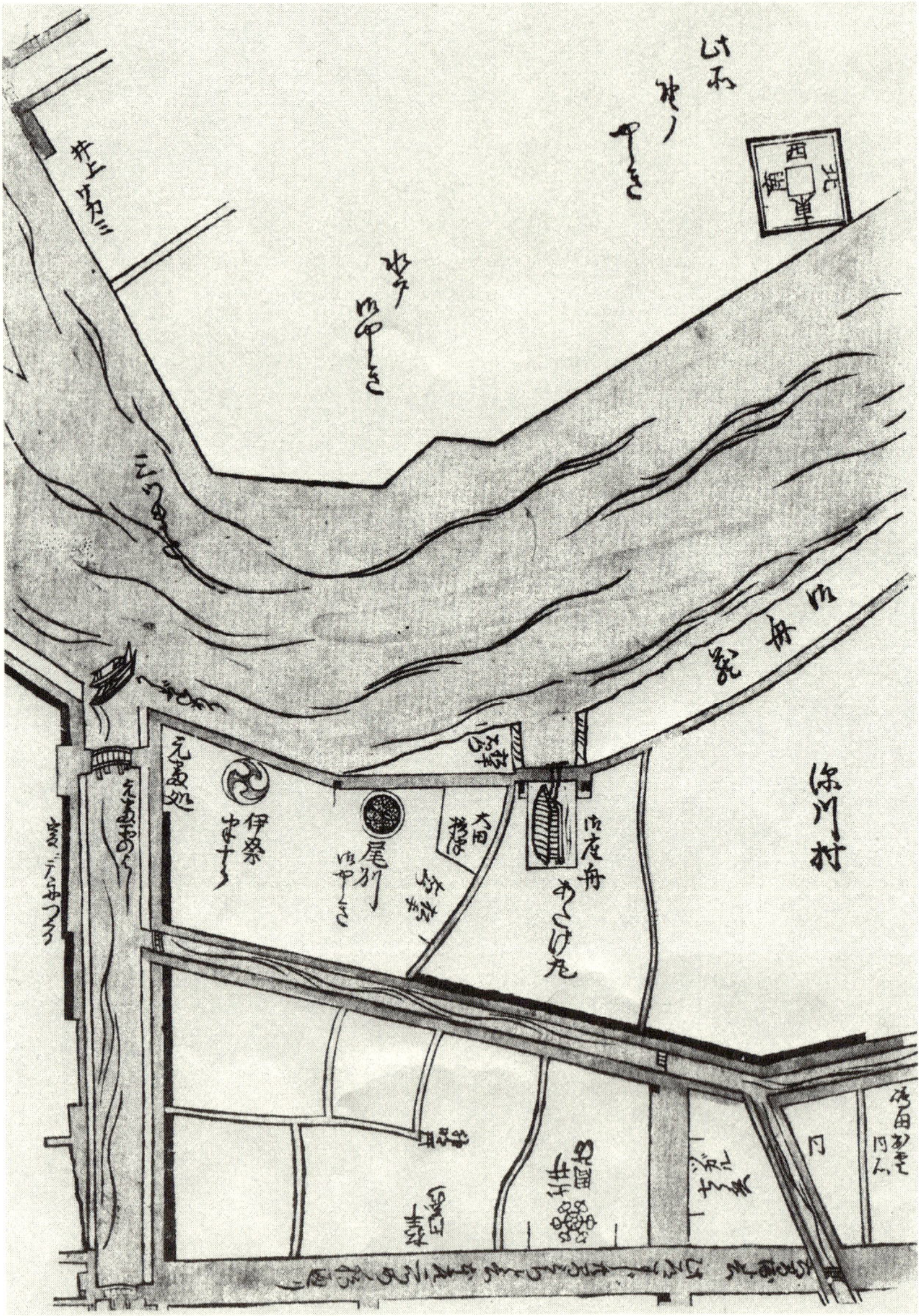

れた、『江戸方角安見《あんけん》図』（昭和五〇年に刊行された東京堂出版の影印本による）の「深川村」の一部である。同書では見開き二頁にわたって深川村の全体が示されているが、ここに掲げたのはその内の左側の一頁分である。まずごく簡単にこの絵図の説明をしておきたい。

中央の大きな流れは隅田川である。隅田川に合流している左側の流れは小名木《おなぎ》川である。この二つの川が合流しているところに「元番処《もとばんしよ》」（「元番所」とも。以下「元番所」と記す）がある。芭蕉はここに住んでいたといわれている。元番所の少し下のところで、小名木川から右の方へ斜めに延びている流れは六間堀である。図版右側に、隅田川に沿って「御舟蔵《おふなぐら》」と記された場所があり、その左の端に「御座舟《ござぶね》あたけ丸」と記された場所がある。「あたけ丸」は「巨大な軍船形式の御座船」（『国史大辞典』）であったが、あまりにも巨大すぎて実用的ではなく、また莫大な維持費がかかるので幕府によって天和《てんな》二年（一六八二）に解体された。その後あたけ丸が係留されていた場所が埋め立てられて「あたけ」という新しい地名ができた。この地名は「あたけ丸」に由来する。

『江戸方角安見図』が刊行された当時まだ新大橋はできていない。この絵図の「御座舟あたけ丸」と記された左側に「尾州御やしき」と書かれている場所があるが、元禄六年（一六九三）に、このあたりから対岸の「水戸御やしき」と書かれているあたりへかけて新大橋が架けられ、これを祝って芭蕉は「皆出《い》でて橋をいただく霜路《しもじ》かな」という句を詠んでいる。

なお「あたけ」が正式に町名として認定されたのは明治になってからのようである。岸井良衞氏の『江戸・町づくし稿』には「明治二年に深川安宅町となる」と記されている。それまではいわば俗称として「あたけ」と呼ばれていたのである。例えば広重の「名所江戸百景」に「大はしあたけの夕立」という名作がある。この「大はし」は元禄六年に隅田川に架けられた新大橋だが、その深川側のたもとにあった「あたけ」は「大橋あたけ」とも呼ばれていたのであろう。素堂の住まいはこの「あたけ」にあった。

『江戸方角安見図』「坤之巻《こんのまき》」の目録で、「深川村」は「両国橋ノ向《むかい》、えこういん近辺、南は元番所なり」と説明されている。これをもう少しわかりやすく説明すると、深川村は両国橋の向こう側（日本橋方面から見て向こう側）で、北は回向院《えこういん》近辺から南は元番所までの間、ということになる。芭蕉が住んでいた「元番所」も素堂の住んでいた「あたけ」も、『江戸方角安見図』に記されている「深川村」の範囲にすっぽりと入っている。

万治《まんじ》三年（一六六〇）ごろに刊行された『東海道名所記』に、「新田《しんでん》の北をば深川という。この内にあたけ丸とて日本一の御舟をつながれたり」と記されている。万治三年はあたけ丸が解体される前だが、その場所を『東海道名所記』では「深川」と記しているのである。あたけ丸が係留されていた場所が深川であれば、これが解体されたあと埋め立てられた場所もまた深川である。素堂が住んでいた「あたけ」は深川の一部だったのである。元禄六年（一六九三）刊『流川集《ながれかわしゅう》』の嵐蘭《らんらん》の句「雪はありて風ふかぬ日や年忘《としわすれ》」の前書きに、「深川の素堂亭に会しておのおの年忘れしける」と記されているが、「深川の素堂亭」が深川あたけの素堂の住まいを指していることはいうまでもない。

吉原健一郎氏によれば（『深川文化史の研究』下「水の都・深川成立史」）、寛永九年（一六三二）には深川はまだ江戸ではなかったようだが、『江戸方角安見図』に深川が江戸の地名として扱われているから、同書が刊行された延宝八年（一六八〇）にはすでに深川が江戸の一部であったことがわかる。

森川昭氏が紹介した『下里知足日記《しもざとちそくにっき》』（『下里知足の文事の研究』第一部）の貞享《じょうきょう》二年（一六八五）四月九日の条に、「江戸深川本番所《もとばんしょ》森田惣左衛門《そうざえもん》殿屋敷松尾桃青《とうせい》芭蕉翁」と記されている。「本番所」は「元番所」の当て字であり、「桃青」は芭蕉の別号である。また貞享三年十二月一日に書かれた知足宛《あ》ての芭蕉書簡は、包み紙（現在の封筒）がそのまま残っているきわめて珍しい書簡だが、この包み紙に芭蕉はみずからの住所氏名を「江戸深川桃青」と記している。芭蕉や素堂が深川に住んでいたころは、深川がすでに江戸の一部になっていたことは明らかである。右の『下里知足日記』の「江戸深川本（元）番所」という芭蕉の住所表記に従えば、素堂の住所は「江戸深川あたけ」ということになる。

波静本《はじよう》『甲子吟行《かつし》』（芭蕉作『野ざらし紀行』の一異本）や嵐雪《らんせつ》編『風の上』の序文において、素堂は「かつしかの隠士素堂」と署名している。彼は深川に住んでいながら自分の住所を深川と書いたことは一度もない。このことは「かつしか」という古くからあった地名に、彼が特別な愛着をもっていたことを示しているのであろうが、しかし彼の住まいが「かつしか」だといわれても、彼がどのあたりに住んでいるのかわかる人は当時でもほとんどいなかったであろう。ましてや現在ではだれもわからない。現在、素堂の住所を記している辞典や解説では例外なく「かつしか」と記されているが、だれも場所を特定できない「かつしか」という住所を書いても意味がない。今後、貞享二、三年以後の素堂の住まいを記す場合は、「江戸深川」、あるいは「深川」と記すべきであろう。

素堂自選『とくとくの句合』の跋文を百里《ひやくり》が書いているが、彼はその中で素堂の住所を「葛鹿深川」と記している。「葛鹿」は「葛飾」の誤記だが、深川を「かつしか深川」と記した例を私はこれ以外に見たことはない。「江戸深川」というのが一般的であった時期に百里があえてこのような表記をしたのは、素堂が常に「かつしかの隠士」と自称していたからであろう。

「芭蕉庵十三夜」という俳文の中で芭蕉は「隣の家の素翁《そおう》（素堂を指す）」と書いている。また素堂自選『とくとくの句合』では、「蓑虫《みのむし》やおもひし《い》ほどの庇《ひさし》より」（一八九の句参照）の前書きで、素堂は「隣家の僧（芭蕉を指す）」と書いている。二人はお互いに隣同士だったと書いているのである。隣同士といっても、日本橋のように人家が密集しているところと、深川のような開発途上で空き地が多いところでは状況が大きく異なる。深川にあった芭蕉と素堂の家は軒を接していたわけではあるまい。多分空き地などを隔てた隣人同士であったと思う。それでも「あたけ」の素堂の家から元番所の芭蕉の家まで、歩いて十分もかからなかったと考えてよかろう。

ところで朝倉治彦氏が「俳句」十七号に紹介した、元禄九年（一六九六）の『地子屋鋪帳《じしやしき》』の深川の条に次のような記事がある。「地子屋鋪」とは借地に建てた自分の屋敷のことである。なお「屋鋪」と「屋敷」は同じ意味である。

四百三十三坪　山口素堂

四年以前酉年《とりどし》求め置く。

元禄九年よりさかのぼって四年前の酉年は元禄六年である。右の「四年以前」は元禄九年を含めているのである。朝倉氏は「この記録から見ると、この四百余坪の地を求める以前は、別の所に住していたと考えなければならない」と述べている。つまり素堂は元禄六年に新たに土地を購入して転居したというのである。尾形仂氏もこれに従って、元禄四年（尾形氏の間違いで酉年の元禄六年でなければならない）に素堂は新たに抱屋敷を購入して移住したと記している。「抱屋敷」とは自分の土地に建てた自分の屋敷のことである。

しかし私は、「四年以前酉年求め置く」というのは、それまで借地であった敷地を素堂が酉年にあたる元禄六年に買い取ったという意味だと思う。少なくとも右の文言から素堂が転居したと断定はできない。また元禄六年に素堂が転居したことを示す痕跡は皆無である。

素堂は貞享二年（一六八二）か三年に深川の四百余坪の借地に自分の屋敷を建て、その後元禄六年の酉年にその借地を買い取ったのだと思う。土地を買い取った時点で、素堂の屋敷は地子屋敷から抱屋敷に変わったのである。

このことは朝倉氏が紹介しているもう一つの資料である元禄十五年（一七〇二）の『本所深川抱屋鋪寄帳《かかえやしきよせ》』を見れば判然とする。この中に素堂の住まいは次のように記載されている。

地子屋鋪御帳の内四百三拾三坪とこれ有り

一、四百二十九坪　山口素堂

元禄六年に素堂の屋敷が地子屋敷から抱屋敷に変わっているのだから、元禄十五年の抱屋敷の台帳である『本所深川抱屋鋪寄帳』に素堂の屋敷が記載されているのは当然だが、元禄十五年まで彼の屋敷は『地子屋鋪帳』に記載されたままになっていたのである。係の役人のミスがあったのであろうか。

素堂の屋敷の敷地は『地子屋鋪帳』では四百三十三坪と記されており、『本所深川抱屋鋪寄帳』では四百二十九坪と訂正されている。素堂の屋敷の記載を『地子屋鋪帳』から『本所深川抱屋鋪寄帳』に移すにあたって、敷地の面積を測り直したのであろう。素堂の深川の屋敷の敷地は四百坪を超えていたのである。多分、母親と一緒に暮らすために広い屋敷を求めたのであろう。隠者のイメージが強い素堂だがその暮らしは相当に豊かだったと考えられる。

なお『本所深川抱屋鋪寄帳』に、素堂の屋敷の場所が「六間堀町続き」と記されていることが問題になるかもしれないが、素堂の屋敷があった「あたけ」は俗称であって正式な町名でなかったことを考慮すべきである。公式の記録である屋敷台帳に俗称は使えないから、「六間堀町続き」と記したのであろう。「六間堀町続き」と表記することで近隣の「あたけ」を含ませたのであろう。「六間堀町」は深川にあった町名である。「六間堀」については192ページの絵図を参照されたい。

今回も校正は新典社の田代幸子さんのお世話になった。記して感謝の意を表したい。

平成二十九年一月二十五日　喜寿の年をむかえて

田中　善信

《著者紹介》
田中 善信（たなか　よしのぶ）
昭和15年1月　石川県鹿島郡鹿島町（現・中能登町）に生まれる
昭和39年3月　早稲田大学第一文学部英文学専修卒業
昭和46年3月　同大学大学院文学研究科日本文学専修修士課程修了
専攻・学位　日本文学（近世文学）・修士
現　職　白百合女子大学名誉教授
編著書　『近世俳諧資料集成』（共編，昭和51，講談社）
『菊池五山書簡集』（共編，松本文庫資料集2，昭和56，私家版）
『初期俳諧の研究』（平成1，新典社）
『永遠の旅人 松尾芭蕉』（共著，日本の作家26，平成3，新典社）
『本朝水滸伝・紀行・三野日記・折々草』
（共著，新日本古典文学大系79，平成4，岩波書店）
『近世諸家書簡集（釈文）』（平成4，青裳堂書店）
『芭蕉 転生の軌跡』（平成8，若草書房）
『与謝蕪村』（人物叢書，平成8，吉川弘文館）
『天明俳諧集』（共著，新日本古典文学大系73，平成10，岩波書店）
『芭蕉＝二つの顔』
（講談社選書メチエ，平成10，講談社，平成20講談社学術文庫として復刊）
『鏡泉洞文庫蔵 新出 俳人書簡集―白雄・士朗・嵐外・蕉雨―』
（平成12，新典社）
『元禄の奇才 宝井其角』
（日本の作家52，平成12，新典社，第一回山本健吉文学賞（評論部門）受賞）
『書翰初学抄』（平成14，貴重書刊行会）
『芭蕉の真贋』（平成14，ぺりかん社）
『全釈芭蕉書簡集』（平成17，新典社，文部科学大臣賞受賞）
『芭蕉―俳聖の実像を探る』（新典社新書18，平成20，新典社）
『芭蕉新論』（平成21，新典社）
『芭蕉―「かるみ」の境地へ』（中公新書，平成22，中央公論新社）
『芭蕉の学力』（平成22，新典社）
『全釈続みなしぐり』（平成24，新典社）
『日本人のこころの言葉 芭蕉』（平成25，創元社）
『元禄名家句集略注 伊藤信徳篇』（平成26，新典社）
『諸注評釈 新芭蕉俳句大成』（共編，平成26，明治書院）
『元禄名家句集略注 池西言水篇』（平成28，新典社）

元禄名家句集略注　山口素堂篇

2017年3月30日　初刷発行

著　者　田中善信
発行者　岡元学実

発行所　株式会社　新典社

〒101－0051　東京都千代田区神田神保町1－44－11
営業部　03－3233－8051　編集部　03－3233－8052
FAX　03－3233－8053　振　替　00170－0－26932

印刷所 惠友印刷㈱　製本所 牧製本印刷㈱

ISBN978-4-7879-0641-0 C1095
http://www.shintensha.co.jp/
E-Mail:info@shintensha.co.jp